# 현세귀환록

# 현세귀환록 5

**초판 1쇄 인쇄일** 2015년 4월 16일 ｜ **초판 1쇄 발행일** 2015년 4월 20일

**지은이** 아르케 ｜ **펴낸이** 곽중열 ｜ **담당편집 팀장** 이범수
**편집부** 신연제 이윤아 김호성 김은경

펴낸곳 (주)조은세상 ｜ 출판등록 제 2002-23호
주소  경기도 연천군 미산면 청정로 1355
TEL 편집부 02)587-2966 ｜ FAX 02)587-2922
e-mail bukdu@comics21c.co.kr

ⓒ아르케 2014
ISBN 979-11-5832-031-7 ｜ ISBN 979-11-5512-878-7(set) ｜ 값 8,000원

# 현세귀환록

## 現世歸還錄

아르케 현대 판타지 장편소설

NEO MODERN FANTASY STORY & ADVENTURE

⟨5⟩

북두

# CONTENTS

NEO MODERN FANTASY STORY & ADVENTURE

1장. 정리 ···7

2장. 소문 ···25

3장. 회의 ···71

4장. 공개 ···99

5장. 사냥 ···121

6장. 흑성 ···141

7장. 여행 ···179

8장. 전투 ···221

9장. 추격 ···255

現世
歸還錄

1장. 정리

NEO MODERN FANTASY STORY & ADVENTURE

# 현세귀환록

## 1장. 정리

딱~!

유리엘이 손가락을 튕기자 숨이 끊어져 추락하는 앤더
슨의 몸이 금세 불타올라 두 개의 작은 붉은 돌을 제외하
고는 재로 변하여 사라졌다.

그 붉은 돌은 유리엘의 손짓에 따라 그녀에게 날아왔고,
유리엘은 그것을 갈무리 하였다.

시체조차 남기지 못한 앤더슨의 최후였다.

앤더슨의 최후와 동시에 커다란 마나 유동이 강민 일행
에게서 터져나왔다. 정확하게는 벤자민에게서 나온 마나
유동이었다.

유리엘과 앤더슨의 전투를 뚫어져라 바라보던 벤자민

은, 뜻밖의 깨달음을 얻었는지 앤더슨의 죽음과 동시에 갑작스러운 마나유동을 발하며 새로운 경지로 발을 디디고 있었다.

이십여 년이 넘게 6서클에서 머물러 있던 벤자민이, 6서클의 벽을 넘어 7서클에 들어선 것이었다.

7서클 마법사라면 무투형 능력자가 마스터에 오른 것과 비슷한 정도의 경지였다. 실제로 유니온에서는 7서클 마법사는 S급으로 분류하고 있었다.

벤자민은 아직 마나를 갈무리하고 있는지 눈을 감은 채 공중에 둥둥 떠 있었다. 그런 벤자민을 보던 유리엘은 강민에게 말했다.

"마나의 움직임이 심상치 않더니 결국 넘어 서는군요."

"그래, 이미 그는 티핑 포인트에 서 있어서 계기만 있으면 넘을 수 있었지. 유리의 마법이 그 계기가 된 것 같군."

강민은 쉽게 말을 하였지만, 그 계기를 찾지 못하여서 무수히 많은 A+급 능력자들이 결국 마스터에 오르지 못하고 생명이 다하는 경우가 대부분이었다.

사실 벤자민 스스로도 마스터에 오르는 것을 포기하고 있던 것이 사실이었다. 이미 20여년간을 노력했지만 성과가 없었기 때문에 당연한 귀결이라 할 수 있었다.

이런 상황에서 최근 몇 년간 퍼니셔가 펼쳐놓은 인식장애마법을 연구하면서 크고 작은 깨달음이 있었고, 조금만

연구를 더 한다면 어쩌면 7서클도 가능할 것이라는 생각
마저 들었다.

그렇다고 해도 여전히 요원한 일이었다. 다만 일말의 희
망을 잡았기에, 7서클에 대한 열망이 다시금 타오르기 시
작했던 것이었다.

하지만 그런 깨달음을 가로막는 결정적인 부분들이 있
었다. 마법체계가 달랐기 때문에 특정부분에 사용한 마나
흐름들이 도무지 이해가 가지 않았기 때문이었다.

그 부분만 해결하면 퍼니셔가 펼쳐놓은 인식장애를 일
부나마 해소를 할 수 있을 것 같았고, 어쩌면 7서클에도
오를 수 있다는 생각이 들었다.

그렇지만 그 부분은 벤자민의 상식, 아니 이 세계 마법
체계의 일반적인 상식으로는 이해가 안 되는 부분이었다.

일반세계의 상식에 빗대어 말하자면 물로 종이를 태우
는 것처럼, 불 속에서 수영을 하는 것처럼 말이 되지 않는
부분이었기 때문이었다.

그 부분에서 막힌 이후로 더 이상의 진전은 없었다. 그
의 기준으로는 아무리 생각에 생각을 거듭해도 도무지 이
해가 가지 않았다. 이해가 가지 않으니 구현도 불가능했
다.

그런 상황에서 벤자민은 유리엘의 마법을 보았다. 만약
그녀가 고서클의 마법만을 사용했다면 벤자민은 아무것도

알아볼 수가 없었을 것이나, 그녀는 1서클의 기초마법인 매직미사일을 사용했다. 그것도 수천 수만발의 매직미사일을 사용했다.

아무리 유리엘의 마법이 이곳의 마법과 궤를 달리한다지만, 1서클의 매직미사일 정도의 마나 패턴을 파악하는 것은 그렇게 어렵지는 않았다. 그 역시 6서클의 마법사였기 때문이었다.

유리엘이 엄청난 양의 매직미사일을 여러차례 사용하는 것을 지켜보던 벤자민은 무언가가 트이는 것과 같은 느낌을 받았다.

인식장애마법 역시 유리엘의 마법이었기에 같은 마법체계를 공유하는 마법에서 일맥상통하는 것이 느껴졌기 때문이었다.

그 느낌은 앤더슨을 감싸던 화염구체가 지속적으로 강화되는 것을 보면서 극에 달했고, 어느 순간 그의 머릿속에서 펑하는 소리와 함께 세계의 마나가 그에게 손짓하는 것이 느껴졌다. 벽을 넘은 것이었다.

벽을 넘는 동안 아른 아른거리는 마나의 흐름이 눈에 들어왔다. 구름의 모양이, 바람의 움직임이, 자연의 섭리가 손에 잡힐 듯한 느낌을 받았다. 물론 그 느낌은 순간에 불과했고, 눈을 뜬 지금은 아무것도 생각나지 않았다.

하지만 그때의 느낌은 강하게 남아 있었고 그것을 반증

하는 듯, 지금은 저서클 마법은 무영창으로 손쉽게 발현해 낼 수 있을 것 같았다

그리고 벤자민이 고민했던 부분들이 지금은 자연스럽게 받아들여졌다. 이제는 마치 위에서 아래로 물이 흐르는 것처럼 자연스러운 현상이라서 과거 고민했던 자신이 우스워 질 정도였다.

벤자민은 진정 벽을 넘어 7서클의 마법사가 된 것이었다.

아이러니하게도 한 마스터의 죽음이, 다른 마스터를 탄생시켰다고 할 수 있었다.

✛

앤더슨이 머물던 집무실에는 벤자민을 포함한 강민 일행이 자리잡고 있었다. 벤자민이 정신을 차리자마자 유리엘이 이리로 데려온 것이었다.

이제 어느 정도 기운을 수습한 벤자민에게 강민이 말했다.

"어떠냐? 벽을 넘은 기분이."

"묘한 느낌이군요. 7서클 마법사, 아니 마스터들은 이런 흐름 속에서 있었던 것이군요."

벤자민은 지금까지 알 수 없었던 마나의 흐름에 몸을 맡기며 묘한 기분에 빠져있었다.

그가 알기 전에도 이런 흐름은 있었고, 그 역시 어느 정도는 이런 흐름을 느끼고 있었다. 그렇지만 알게 된 지금 보이는 마나의 흐름은 그 때와는 전혀 달랐다.

문득 마스터들이 마스터가 되지 못한 능력자를 보는 시선이, 일반인들이 이능력자들을 보는 것과 같은 시선이라는 생각마저 들었다.

"어쨌든, 잘 되었군. 네가 7서클이 되었다면 굳이 내가 마스터급 능력자를 파견할 필요가 없으니 말이야. 네가 총재의 자리에 오르면 되겠군."

"아…."

강민의 말에 벤자민은 자신의 상황을 직시할 수 있었다. 이제는 유니온의 2인자로 머물러 있을 필요가 없었다. 앤더슨의 실각을 위원회에 보고하고 자신이 총재가 될 수 있는 상황이 된 것이었다.

"이왕 상황이 이렇게 된 것 몇 가지 알려줄 것이 있다."

"어떤…?"

7서클이 되었다고 하지만 여전히 퍼니셔는 두려운 존재였다. 아니 7서클이 되었기에 그들의 두려움을 더욱 더 잘 알 수 있었다. 그렇기에 벤자민은 조심스럽게 궁금증을 표시했다.

"우선 우리의 정체부터 밝히고 시작하지."

강민은 유리엘에게 눈짓을 하였고 유리엘은 일행을 뒤

덮고 있던 인식장애 마법을 풀었다.

"헉! 당신들은! 연금의 일족!"

이미 강민과 몇 차례 안면이 있던 벤자민은 놀랄 수밖에 없었다. 벤자민이 알고 있는 강민과 유리엘은 연금의 일족이었다. 퍼니셔가 될 수는 없었다.

그래서 벤자민은 더듬거리며 말을 이었다.

"어… 어떻게… 분명… 마나… 파문이… 마나파문이 달랐는데…."

최초 일본에 퍼니셔가 나타났을 때, 유니온에서는 연금의 일족으로 알고 있던 강민과 유리엘을 의심했었다. 하지만 이능세계의 지문과도 같은 마나파문이 달랐기에 의심을 접을 수밖에 없었다.

그런데 이 둘이 동일인물이라니, 벤자민의 경악은 당연하였다. 지금의 상식으로는 마나 파문을 변조하는 것은 불가능하다고 여겨졌기 때문이었다.

이런 벤자민을 놀리듯 유리엘은 말했다.

"마나파문 정도야 얼마든지 바꿀 수 있죠. 이렇게 말이죠. 여기서는 아직 많이 알려지지는 않았지만, 그래도 몇몇은 가능할 껄요?"

유리엘은 수차례 마나파문을 바꿔가면서 그에게 말했다.

"이런 것이 가능했다니…."

"당신도 마스터가 되었으니 몇 가지 요령만 알면 바꿀 수 있을 거에요. 물론 그 바꾼 것을 찾아내는 기술이나, 찾는 기술에도 걸리지 않는 응용까지는 아직 힘들겠지만 말이죠."

아직도 마나파문 변조에 놀라고 있는 벤자민에게 강민의 목소리가 들려왔다.

"너희가 무슨 이유로 우리를 연금의 일족이라고 추정하는지는 알겠지만, 우리는 그들과는 무관하다."

"그럼 어떻게 그런 황금과 아공간을…."

"그런 것까지 일일이 설명할 필요는 없겠지, 다만 이렇게 정체를 밝히는 것은 앞으로 우리를 귀찮게 하지 말라는 것이다."

어차피 한수강과 유키가 강민의 보호 아래 들어왔고 마나파문이야 변조를 하면 된다지만, 이미 둘의 외모나 DNA 등에 관한 정보는 유니온에서 가지고 있는 상황이었다.

아무리 마나파문이 다르다고는 하지만, 유키와 한수강을 데리고 있는 이상 이번 일을 찬찬히 파고들면 결국 강민이 퍼니셔임을 찾아낼 수 있을 것이었다.

물론 그런 정보 역시 위변조가 가능했다. 하지만 이미 상황이 이렇게 되어서 유니온의 수장을 손에 쥐고 움직일 수 있는 상황이기에, 굳이 한수강이나 유키의 정보를 변조

할 필요가 없었다. 그것이 더 번거로워지는 상황이 되었다고 할 수 있었다.

또한 지금 말했듯이 유니온에서 강민을 연금의 일족으로 오인하고, 지속적으로 방문하여 귀찮게 하는 것을 피하려는 이유도 있었다.

벤자민은 강민에게 물어보고 싶은 것이 많았지만 섣불리 이야기를 꺼낼 수는 없었다. 조금 전 확인하였듯이, 강민과 유리엘은 마스터급의 강자라도 순식간에 해치울 수 있는 능력을 가진 괴물들이었기 때문이었다.

다만, 퍼니셔가 연금의 일족이고 이들이 이렇게 정체를 밝혔다면 향후 유니온과 위원회 사이의 대립에서 유니온에 힘을 실어줄 수도 있었다.

그리고 애초에 추측한대로 퍼니셔는 이런 군이 지배하거나 군림하려는 성격이 아닌 것으로 보였다.

그렇기에 만일 이들이 유니온의 편에 서서 위원회의 괴물들만 처리해 준다면, 유니온의 독립, 아니 유니온이 이능계 전체를 장악하는 것도 불가능한 일이 아닐 것이라는 생각이 들었다.

하지만 그런 벤자민의 생각을 읽었는지 강민이 그에게 이야기 했다.

"지금도 위원회와 대립해서 이능세계의 장악 운운하는 생각을 하고 있는 것 같은데, 이제 그럴 시간이 없다."

갑자기 시간이 없다는 말에 벤자민은 의아했다.

"무슨 시간 말씀인지…?"

"길어야 5년 정도 뒤면 차원 교차가 일어난다. 차원장의
통합은 좀 더 걸리겠지만, 마나장은 5년 정도면 통합 될거
야."

뜬금없는 강민의 말을 벤자민은 전혀 이해할 수가 없었
다. 당연히 이 쪽의 지식이 없는 벤자민은 강민에게 물을
수밖에 없었다.

"마나장은 알겠지만, 차원교차는 뭐고 차원장은 뭡니
까? 그리고 마나장이 어디랑 어디가 통합된다는 것이지
요?"

"차원교차는…."

벤자민을 그의 의도대로 움직이게 하려면 최소한의 설
명은 필요했기에 강민은 대강의 설명을 해줬다.

한참 동안 강민의 설명을 듣던 벤자민은 심각한 표정이
되었다. 강민의 말대로라면 정말 시간이 없었기 때문이었
다.

"그렇다면 최근 웜홀이 빈번하게 발생하는 것도?"

"그래 마나장이 점점 약해지고 있다는 반증이지. 실제
로 비슷한 마물이 많이 나오지 않던가?"

"그것도 이 영향입니까?"

정말 그랬다. 과거에는 비슷한 마물은 극히 드물게 나타

났고, 대부분의 마물이 다른 형태와 마나 성질을 갖고 있었다. 마물마다 마나충돌의 불꽃이 달랐다.

하지만 최근 몇 년 사이에는 비슷한 마물들이 많이 나오고 있어서, 현재는 마물을 분류하여 코드네임을 부여하고 마물에 따른 대처 매뉴얼까지 만들고 있는 상황이었다. 또한 마물들의 마나충돌도 현저히 약해진 것이 사실이었다.

"그래. 과거처럼 전혀 다른 차원에서도 웜홀이 발생하기는 하겠지만, 앞으로는 대부분 교차할 차원에서 마물이 넘어올 거야. 그리고 그 쪽 차원의 마물 혹은 문명의 수준에 따라서 이곳의 문명이 지켜질지 아니면 사멸할지가 결정되겠지."

"길어야 5년이라고 하셨는데, 좀 더 정확한 시간은 알수가 없겠습니까?"

이제 유니온의 수장이 될 벤자민의 입장에서는 디데이를 알고 준비를 하고 싶었다.

"차원 교차에는 변수가 많지. 이 차원의 변수는 대부분 알 수 있지만, 그 쪽 차원의 변수는 여기서 파악할 수 없으니 알 수가 없는 노릇이지. 만일 그 쪽 차원에서 변수가 발생한다면 내일이라도 당장 마나장이 통합될 수도 있지. 5년은 두 차원 다 별다른 변수가 없이 이대로 진행 되었을 때를 가정한 것이다."

"음…."

벤자민은 무거운 표정으로 자신도 모르게 신음성을 내었다. 강민의 말대로라면 지금 유니온과 위원회의 싸움은 너무도 허망하고 의미가 없는 것이었다.

"내가 위원회를 두고 보고 있는 것도 이것 때문이지. 굳이 위원회를 처리해서 나중에 있을 차원교차에서 인간들을 지킬 힘을 뺄 필요는 없으니 말이야."

벤자민은 위원회를 처리할 수 있다고 자신하는 강민의 말에 겉으로 표현은 하지 않았지만, 내심 동의할 수 없다고 생각하였다.

강민과 유리엘이 강하다고는 하지만 위원회의 괴물들도 그 못지않았기 때문이었다. 그 괴물들은 7서클에 오른 지금도 여전히 두려운 존재였다.

그 정도가 벤자민의 안목이었다. 강민과 유리엘은 기세를 갈무리하는 것이 자연스러웠기 때문에 벤자민은 둘의 무력을 제대로 파악할 수가 없었다.

아니 어느 누구도 그들의 무력을 제대로 파악할 수는 없을 것이었다.

강민은 벤자민의 내심이 짐작이 갔으나 굳이 그것을 바로 잡으려 하지 않았다. 또한 차원교차에도 강민이 나서면 인류를 지킬 수 있다는 말 또한 하지 않았다. 어차피 그럴 생각도 없었으니 말이었다.

벤자민이 어떻게 위원회에 이 사실을 전달할지는 알 수

없으나, 이 정도 조치만으로도 앞으로 유니온과 위원회의 대립은 없을 것이었다. 이제 살아남기에도 힘든 시간이 올 것이기 때문이었다.

❖

강민 일행이 한국으로 돌아와서 처음 본 모습은 한수강과 한수아가 상봉하여 이야기 보따리를 풀어놓고 있는 광경이었다.

헤이진 시간이 길었던 것만큼 나눌 이야기도 많은 것 같았다. 한창 이야기를 나누던 한수강과 한수아는 강민 일행이 돌아온 것을 보고 서둘러 인사를 하였다.

"오빠, 오셨어요?"

"형님, 일은 다 처리하셨는지요?"

"그래, 유니온 관련한 일은 다 처리했으니 더 이상 걱정할 것 없을 거야."

"아…."

한수강은 내심 유니온에서 이탈하고 유키를 빼돌린 것에 대한 후폭풍을 걱정하고 있던 차에 강민이 해결되었다고 하니 한도의 한숨을 내쉬었다.

그런 한수강의 모습을 본 최강훈이 자신이 해결했다는 듯 자랑스럽게 이야기했다.

"내가 말했잖아. 민이 형님이 나서면 안 되는 일이 없을 거라고 말이야."

"정말 그렇네요. 감사합니다. 형님."

"감사는 무슨, 수아 동생이면 우리 가족이나 마찬가지인데."

강민의 말에 아무 말 없이 조용히 있던 한수아의 얼굴이 붉어졌다. 가족처럼 지내긴 했지만 이런 식의 말을 듣는 것은 처음이었기 때문이었다.

"그런데 유키는 어디에 있어?"

한수강과 한수아만이 거실에서 이야기 하고 있었기에 최강훈은 유키의 행방을 물었다.

"아. 유키는 지금 수아누나 방에서 자고 있어요. 그런데 아직은 정신을 못 차리고 있네요."

한수강의 말에 유리엘이 대답했다.

"센터에서 강제로 혼수상태를 만들기 위해서 투입한 약물 때문에 오랜 시간동안 영혼과 육체가 박리되어 있어서 그래. 지금은 약물을 체외로 배출시켰지만 영혼에 육체가 안착하는데까지 다소 시간이 걸릴거야."

"아…."

한수강은 유리엘이 무슨 말을 하는지는 정확히 알 수 없었으나, 치료는 했고 시간이 걸린다는 부분만 파악을 했다.

"강제로 안착시킬 수도 있지만, 그렇게 한다면 지금 약해져 있는 영혼과 육체의 연결고리가 다시 강화되긴 힘들 거야. 영혼과 육체의 끈이 완전히 끊어져 있는 상태는아니니까, 다소 시간이 걸리더라도 자연스럽게 안착되도록 놓아두는 것이 영혼과 육체의 끈이 전처럼 튼튼해 질 수 있는 방법이 될거야."

"무슨 말씀이신지 잘 모르겠지만, 어쨌든 시간이 지나면 낫는다는 이야기지요?"

"그래. 호호호."

"그런데 언니, 얼마나 걸릴까요?"

한수아도 동생 한수강이 만난 여자가 어떤 여자인지 궁금했는지, 평소의 과묵함을 깨고 이례적으로 유리엘에게 먼저 질문을 던졌다.

"글쎄, 그건 본인의 의지가 많이 좌우되는 부분인데, 지금처럼 영혼의 힘이 약해진 상태에선 꽤 시간이 걸리지 않을까 싶어. 짧으면 몇 개월 안 걸릴 수도 있고 길면 이삼년까지도 가능하고. 삼년이 넘어간다 싶으면 그 땐 강제로 안착시켜버리지 뭐. 그 정도면 영육의 끈도 어느 정도 강화 되었을테니 말이야."

"네, 누님. 감사합니다."

"감사는 뭐. 오랜만에 수아 웃는 모습 보는 것만으로 충분히 보답이 되었어."

유리엘의 말에 한수아는 다시금 얼굴을 붉혔다. 어릴 적부터 아픈 몸을 가지고 있던 한수아는 몸이 나은 지금도 아직 사람을 대하는 것이 많이 어색했다.

그간 학교생활을 하고 지금은 대학까지 다니고 있지만 여전히 사람을 대하는 것은 어렵다고 느끼고 필요한 말을 제외하곤 많은 말을 하지는 않았다.

그런데 오늘 한수강을 보고 일년치 할 말을 다 한 듯 보였다. 그리고 이례적으로 많이 웃고 밝은 모습까지 보였기에 유리엘이 그렇게 말한 것이었다.

"그래, 수아야 이제 수강이도 돌아왔으니까. 웃는 모습도 많이 보여주렴."

최강훈의 타이르는 듯한 말투에 그녀는 대답은 하지 않았지만 고개를 끄덕이며 알겠다는 의사를 표시하였다.

그런 한수아의 모습에 그녀를 보고 있던 모두가 따뜻한 미소로 그녀의 의지를 반겨주었다.

# 2장. 소문

# 현세귀환록

現世
歸還錄

## 2장. 소문

"안녕하세요~ 좋은 아침입니다~"

"아. 서영씨, 출장은 잘 다녀왔어?"

"네, 과장님. 사무실에 별일 없었죠?"

"그… 그럼 별 일 없었지. 하. 하. 하."

강서영은 당연히 별일 없었다는 대답을 기대하였고, 실제로 진창식 과장 역시 별일 없었다고 대답을 하였다.

하지만 진창식의 표정과 말투는 별일 없는 것처럼 보여지가 않았다. 그가 뭔가 숨기고 있다는 생각에 강서영은 재차 물었다.

"에이. 뭔가 있는 것 같은데요? 무슨 일이에요? 또 캔슬된 프로젝트가 생겼어요? 이번 스즈키건만 해도 작은 건

은 아닌데, 또 그런 건이 있으면 팀 분위기가 안 좋기는 하
겠네요."

"아냐. 그런 거. 진짜 별일 없어. 어서 실장님께 출장 보
고해야지."

진창식은 재빨리 말을 돌렸고, 강서영은 그가 말을 돌리
는 것을 눈치 챘음에도 굳이 파고들어 물어보지는 않았다.
회사에 일이 생겼다면 오래 걸리지 않아서 자신의 귀에도
들어올 것이기 때문이었다.

"해야죠. 근데 김강숙 차장님은 오셨나요?"

"하긴 김 차장님 오시면 같이 들어가야지?"

"그래야죠. 어차피 저는 서포트로 간거라 구체적으로
보고할 입장도 아니구요."

"그래, 그래야겠지. 여튼 아직 안 오셨는데, 곧 오시겠
지 뭐.

"네, 오시면 같이 보고 들어가야겠네요."

금요일 스즈키 그룹과의 협상 결렬 이후 김강숙 차장이
장태성 실장에게 전화상으로는 보고를 하였다. 하지만 출
장 이후 첫 출근이었기에 당연히 대면 보고를 해야 하는
상황이었다.

진창식과 간단한 이야기를 하고 주위 직원들과도 인사
를 하였는데, 왠지 주변의 시선들이 평소와 같지 않은 것
이 느껴졌다.

'진짜 무슨 일이 있었나?'

강서영은 그런 분위기를 느끼고 회사에, 아니 적어도 팀에 무슨 일이 생긴 것이라 판단했다.

그 때 먼저 출근해 있던 장찬영이 그녀를 불렀다.

"강 대리, 커피 한 잔 해요."

"응? 아. 네, 장 대리님."

둘은 회사 밖에서는 오빠 동생하는 사이지만, 회사에서는 주위의 시선이 있으니 공식적으로는 직함을 불러 주었다.

물론 진창수 같은 친한 선배들과 이야기 할 때는 오빠 동생으로 칭하기는 하지만, 연배가 있는 상사들은 그런 모습을 꺼리는 경우가 많았다. 그래서 사무실에서는 웬만하면 직함과 존칭을 사용해서 이야기를 나누었다.

그래서 지금 이렇게 장찬영이 커피 한잔 하자는 것은 공식적인 이야기가 아니라 사무실 밖에서 사적으로 하고 싶은 이야기가 있다는 말이었다.

장찬영은 다소 굳은 얼굴로 같은 층에 있는 휴게실로 그녀를 데리고 갔다. 그 표정에 강서영은 고개를 갸웃거리며 생각했다.

'세나랑 싸웠나? 왜 아침부터 부르지?'

그녀가 출장 간 사이에 장찬영과 김세나가 싸운 것은 아닌가 하고 생각했던 강서영은, 휴게실에 와서 장찬영의 이야기를 듣는 순간 그것이 아님을 알 수 있었다.

"서영아, 회사에 너에 대한 안 좋은 소문이 돌고 있어."

"소문? 무슨 소문?"

"최강훈 이사가 너를 회사에 꽂아줬다는 소문이 있어."

강서영은 장찬영의 말에 어처구니가 없다는 표정으로 대꾸를 하였다.

"응? 갑자기 무슨 소리야. 강훈이가 회사에 온지 얼마나 됐다고. 저번 주에 들어온 사람이 어떻게 삼년 전에 입사한 나를 넣어줘? 말이 안 되잖아."

강서영의 의문은 당연한 것이었다. 먼저 온 사람을 나중에 온 사람이 꽂아줬다는 것은 상식적으로 말이 안 되는 것이기 때문이었다.

하지만 이어서 나온 장찬영의 말에 그녀는 잠시 말문이 닫혔다.

"그래 말이 안 되지. 근데 소문이 그렇게 났어. 최강훈 이사가 입사한 것은 저번 주이지만, 강 회장님을 후견인으로 둔 것은 이미 5년 가까이 되잖아. 그래서 그 영향력으로 너를 입사시켜줬다는 거야. 그 때부터 너와는 알고 있던 사이라면서 말이야."

상황으로만 따지만 말이 안 되는 추측은 아니었다. 강민이 후견인으로 있는 최강훈은 비록 당시에는 입사를 한 상태가 아니었지만, 강민에게 부탁하여 연인인 강서영의 자리 하나쯤 만들어주는 것은 그리 어려운 일은 아닐 것이기 때문이었다.

물론 실제로는 완전히 정 반대의 상황이었지만, 아직은 강서영이 강민의 동생임을 밝히지 않았기에 충분히 가능성 있어 보이는 추측이었다.

"어디서부터 나온 루머야? 아니 근거는 갖고 말하는 거야?"

"명백한 근거가 있으면 루머가 아니겠지. 다만, 어떤 인사팀의 직원이 말하기를 네 인사 파일만 열람 금지로 묶여 있다고 하더라. 그 이야기까지 돌고나니 아까 루머가 맞다는 말이 더 신빙성 있게 돌기 시작했어."

일반적으로 인사팀에서는 직원의 인사파일에 대한 접근 권한이 있었다. 물론 업무용 용도로 사용해야하고 개인적으로 열람하거나 해서는 안 되지만, 그들도 사람인지라 이런 소문이 돌면 한 번쯤은 인사 기록을 확인하고 싶은 것이 인지상정이었다.

하지만 다른 이들의 인사기록은 볼 수 있지만, 유독 강서영의 인사파일만 보안이 걸려 있었다.

이는 강서영이 강민의 동생인 사실에 대한 비밀을 엄수하라는 강민의 말에 따라 인사팀장이 시행했던 조치였다. 그런데 이것이 최초의 의도와는 달리, 루머에 대한 증거로 사용되고 있었다.

강서영은 그녀의 인사기록에 대해서 보안이 걸려 있는 이유는 자연스럽게 추측하였다. 하지만 아직 그 이유에 대해서 장찬영에게 이야기를 할 수는 없었다.

"세나는 뭐라고 그래?"

"세나는 당연히 그런 것이 아니라고 하지. 그러면서 뭔가 이야기를 하고 싶어 하는 눈치던데 아직 자세한 이야기를 듣지는 못했어. 너는 세나가 무슨 이야기를 하려는지 알고 있어?"

"아… 아니… 그냥 궁금해서 물어봤어."

김세나는 그녀가 강민의 동생인 것을 알고 있는 몇 안되는 사람 중의 한 명이었다. 그래서 장찬영이 강서영에 대한 오해를 하는 것이 싫어 사실을 말해 주려고 했었다.

하지만 강서영과의 약속을 통해서, 그리고 강민의 부탁에 의해서 강서영의 정체에 대한 비밀을 지켜주겠다고 하였기에 결국은 말하지 못했었다.

"여튼, 소문에는 네가 최강훈 이사가 회장님의 피후견인인 것을 알고, 최 이사를 꼬셔서 이곳에 낙하산으로 들어왔다는 식으로 이야기가 퍼져있어. 그리고 네가 회사에서 좀 더 영향력을 발휘하기 위해 최 이사 역시 회장님께 말해서 KM으로 들어오라 했다하고."

"우리 팀 사람들도 그 소문을 믿는 눈치야?"

"우리 팀 사람들은 너와 지낸 시간이 있고, 네가 평소에

하는 모습들을 봤으니 당연히 그런 말 안 믿지. 그렇지만 루머도 꽤나 디테일해서 그런지, 다른 팀에서는 그런 것 같지 않더라구. 그리고 몇몇 계열사에 까지 이 루머가 퍼진 것 같더라."

장찬영의 말에 강서영은 정신을 차릴 수가 없었다. 사실 완전히 반박하기도 힘든 것이 최강훈의 힘은 아니었지만, 그녀가 낙하산으로 들어온 것은 맞았기 때문이었다.

물론 이사장으로 갈 것을 일반 평사원으로 들어 온 것이기는 하였지만, 어쨌든 낙하산은 낙하산이었다.

다만 그녀가 충격을 받은 이유는, 그녀가 출세를 위해서 남자를 유혹해서 목적을 달성한 꽃뱀과 같은 취급을 받았다는 사실 때문이었다.

나름 3년간 열심히 회사생활을 하였는데, 그 노력들이 다 무의미해 지는 것만 같았다. 그런 자신의 노력이 루머 한방에 깨어졌다는 생각이 들자 허무하다는 생각까지 들었다.

"혹시 오빠는 처음 루머가 어디서 나왔는지 알고 있어?"

"아니, 아직은 몰라. 세나가 며칠 동안 최초 유포자를 찾으려고 캐묻는 것 같던데, 아직 세나도 확실히 찾지는 못한 것 같아. 다만, 우리 회사에 퍼지기 전에 유명한 취업 준비 사이트 익명 게시판에 이런 이야기가 먼저 올라왔던 것 같더다라구.

"음…."

"여튼 그 소문을 믿고 요즘 너에 대해서 안 좋게 생각하는 직원들도 꽤 많이 생긴 것 같더라. 차라리 소문이 좀 잠잠해 질 때까지 실장님께 말해서 휴가라도 쓰는 게 어때?"

장찬영이 하고 싶은 말의 요지는 이것이었다. 소나기가 올 때는 맞지 말고 피하듯이, 구설에 올랐을 때 괜히 마음 상하지 말고 그 구설이 어느 정도 잠잠해 질 때까지 피해 있는 것이 더 좋은 방법일 수도 있었다.

하지만 아직 다른 사람들이 자신을 싫어하는 상황을 잘 겪어보지 못했던 강서영은 굳이 그럴 필요까지 있을까라는 생각을 하였다.

물론 억울한 루머에 기분은 나쁘지만 어차피 소문은 소문이고, 자신이 업무만 잘한다면 큰 문제는 없다고 생각했다.

"휴가? 굳이 그럴 거 까지 있겠어? 소문이야 금방 잠잠해지겠지. 여튼 알려줘서 고마워, 오빠."

말을 마친 강서영은 사무실로 돌아갔고, 그런 그녀의 뒷모습을 지켜보던 장찬영은 근심에 찬 표정으로 고개를 좌우로 흔들었다.

하지만 강서영은 불과 하루도 지나지 않아 그녀의 생각이 틀렸음을 인정할 수밖에 없었다. 그녀는 다른 사람의 수군거림에 오른다는 것은 엄청난 스트레스라는 것을 깨달았다.

강서영은 실장에게 출장 보고를 하고 나온 뒤부터 지속적으로 그녀를 바라보는 눈길들이 있음을 느낄 수 있었다.

그녀가 돌아보면 그 눈길들은 서둘러 다른 곳을 바라보았지만, 다른 팀에서 업무 협조를 받으러 오는 사람들은 저 애가 그 애야라는 표정으로 꼭 그녀를 한 번씩 바라보고 갔다.

특히 다른 팀에 협조를 구하러 갈 상황이 생겼을 때에는 그 팀의 전 직원이 자신을 바라보았는데, 그들의 표정에 섞인 경멸감 같은 것을 느낄 때는 잘못한 것이 없음에도 도망치고 싶은 기분까지 들었다.

하루 종일 그런 취급을 받다보니 아직 퇴근 하려면 몇 시간 남았지만, 강서영은 오늘 따라 하루가 너무 길다는 생각이 들었다.

성품과 행동에서 항상 다른 사람들에게 호감을 주고 호의를 받던 그녀는 이런 대접을 받는 것이 처음이었다.

한 두명이 그녀를 싫어하는 경우는 있었어도 이렇게 단체로 그녀에게 안 좋은 눈길을 보내는 것은 처음이었기에 강서영의 스트레스는 클 수밖에 없었다.

오늘 내내 업무는 손에 잡히지 않았고, 결국 장찬영의

말처럼 당분간 휴가를 내야 하나라는 생각이 들 때 쯤, 전화벨이 울렸다. 모니터에 떠오른 발신자를 보니 회장실이었다.

"회장실? 네, 기획실 강서영입니다."

[서영아. 나다. 회장실로 올라오렴.]

강민의 목소리였다. 강민의 목소리에 강서영은 깜짝 놀랐다.

왜냐하면 그녀가 회사에 온 이후 한 번도 이렇게 강민이 호출한 적은 없었기에, 그녀는 당연히 비서실에서 온 연락이라 생각했었다.

"응. 아… 네, 회장님."

순간적으로 당황한 강서영은 반말을 하였지만 다행히 그녀의 말을 들은 사람은 없었다.

옷매무새를 다듬고 회장실로 올라가니 비서는 이미 그녀가 올라올 것을 알고 있는지 회장실 안으로 인터폰을 하였다.

"회장님, 기획실 강서영 대리 올라 왔습니다."

[들어오라 해요.]

"네, 회장님."

인터폰을 끊은 비서가 강서영에게 말했다.

"들어가시면 됩니다."

비서에게 목례를 하고 회장실 안으로 들어간 강서영은 자리에 앉아있는 강민과 유리엘의 모습을 볼 수 있었다.

집에서 매일 보는 둘이었지만, 회사에서 이렇게 보는 것은 처음이었기에 느낌이 새로웠다.

더군다나 오늘같이 이런 힘든 일을 겪고 나니 갑자기 가슴에서 뭔가가 복받쳐 오르는 것과 같은 느낌이 들면서 왈칵 눈물이 나올 것 만 같았다.

그런 강서영의 모습에 강민이 그녀에게 다가왔고, 강서영은 강민에게 안겨 펑펑 울고 말았다.

"흑흑흑, 오빠….."

강민은 다 안다는 표정으로 그런 강서영의 뒷머리를 쓰다듬었다.

"괜찮아. 다 괜찮아."

한참을 강민의 품에 안겨 울던 강서영이 어느 정도 진정이 되자, 이야기를 나누기 위해서 집무실에 있는 접견 쇼파로 자리를 옮겼다.

아직도 눈시울이 붉어져 있는 강서영이 무언가 이야기하려고 하자, 강민이 손을 들어 그녀의 말을 막았다.

"다 알고 있으니까, 따로 설명하지 않아도 돼."

강민의 말에 강서영은 놀라며 물었다.

"오빠가 어떻게…?

회사에서 일어나는 일을 강민이 모를 리 없었다. 다만 다른 루머들처럼 금세 시들해 질 것으로 생각하고 별도의 대응을 하지 않았었다.

그런데 그 단순한 소문에 점점 살이 붙으면서 커져갔고 눈덩이처럼 불어났다. 아마 인터넷에 올라온 글이 파급력을 더 했던 것 같았다.

처음에는 단지 최강훈이 강서영을 꽂아줬다는 소문이었는데, 며칠이 지난 지금은 강서영이 꽃뱀처럼 최강훈을 유혹했다는 식의 소문이 나버렸다.

최초 유포자를 찾는 것은 어렵지 않았지만, 이 정도쯤 되자 최초 유포자를 색출하여 처리하는 것이 의미가 없어졌다.

뚜렷한 반박 증거가 없다면 어차피 사람들은 믿고 싶은 것을 믿을 뿐일 것이기 때문이었다.

그리고 처음에는 무시하려 하였지만 소문이 불어남에 따라 강민 역시 따로 생각하는 것이 있었다.

여튼 결과적으로 보았을 때 강서영에 대한 이런 소문이 퍼진 가장 큰 이유는 사람들의 시기심이었다.

회장을 후견인으로 둔 전도유망한 젊은 이사의 애인이라는 이유로 다른 사람들의 질투를 샀던 것이었다.

그나마 그녀가 속해있던 기획실에서는 강서영의 평소 모습과 성품을 어느 정도는 알기에 이런 소문을 그리 신뢰하지는 않았지만, 어떤 부서에서는 완전히 기정사실인 것처럼 받아들이는 곳도 있었다.

"다 아는 수가 있어. 그건 그렇고 이제 어떻게 할 생각이야?"

강민의 물음에 강서영은 씁쓸한 표정을 지으며 말했다.

"일단 며칠 쉬려구, 아무래도 지금 들불처럼 일어난 소
문이 가라앉을 시간이 필요할 것 같아. 어차피 헛소문이니
시간이 지나면 언제 그랬냐는 듯 사그라들겠지."

"과연 그럴까? 악의적인 유포자가 있는데 또 다른 악성
루머가 생길 수 있지 않을까?"

"그… 그건…."

"그리고 시간 좀 지난다고 하더라도 지금 네게 씌워진
불명예는 벗겨지지 않을 거야. 단지 앞에서는 말하지 않겠
지만, 뒤에서 쉬쉬거리면서 계속 뒷담화의 주제가 되겠
지."

강서영은 강민의 말에 잠시 대화를 멈추고 생각을 하였
다. 그녀의 생각에도 강민의 말처럼 될 가능성이 높았다.

시간이 지나도 단지 수면 아래로 가라앉을 뿐이지 사람
들의 시선이 바뀌는 것은 아니었다.

당연히 그녀 역시 이런 오명이 달갑지는 않았다. 그녀가
호인이라고는 하지만 이렇게 악질적으로 자신을 음해하는
사람까지 허허 웃고 넘길 만큼 마냥 좋기만 한 사람은 아
니었다.

그래서 생각 끝에 자신이 강구한 방법을 강민에게 이야
기 하였다.

"그럼 최초 유포자를 찾아서 헛소문임을 밝히고, 공개적인 사과를 받으면 어떨까? 그렇게 된다면 이런 루머에서 벗어 날 수 있을 것 같은데 말이야."

합리적인 판단이었다. 만일 강서영의 말처럼 최초 유포자를 밝혀 그 사람의 공개 사과가 이루어진다면 그녀의 오명은 벗을 수 있을 것이다.

오히려 그녀의 평소 행동을 보았을 때 동정의 여론이 생길지도 몰랐다.

강서영의 말에 강민은 대답하지 않고 가만히 그녀를 바라보았다. 강민의 침묵을 동의라고 생각했는지 강서영은 말을 이었다.

"물론 최초 유포자를 찾기 힘들 긴 하겠지. 그렇지만 경찰 수사를 통한다면 찾을 수 있을 것 같은데…."

하지만 강민의 생각은 달랐다.

"최초 유포자는 이미 찾았어. 그리고 당연히 그에 따른 합당한 처벌을 할 예정이고. 지금 말하는 것은 그게 아니야."

"찾았어? 그리고 그걸 말하는 게 아니라니 무슨 소리야?"

"이제 네가 원래 있어야 할 자리로 가야 할 시간이 된 것 같다는 거야. 어떻게 생각해?"

"내가 있어야 할 자리라면…."

"일반 직원에서 얻을 수 있는 경험도 충분히 했고, 이런 일까지 벌어졌는데 굳이 일반 직원으로 있을 필요가 있을까? 이제는 원래 계획 했던 대로 재단 이사장을 맡아 봐."

강서영에 대한 소문이 났을 때부터 생각했던 일이었다. 이런 소문에 흔들릴 정도로 그녀의 위치는 취약한 것이었다.

이제 이런 소문 따위에 흔들리지 않는 자리로 갈 필요가 있었다. 물론 그녀가 동의 한다는 전제에서 하는 말이었다.

"아…."

강서영은 뜻밖의 말에 말을 잇지 못하였다. 사실 그녀는 3년간 일반 직원으로 일을 하면서 재미도 있었고 적성에도 맞았기에, 이사장이 될 것이라는 생각은 아예 하고 있지 않았다.

강민 역시 그녀가 재미있게 일을 하고 있었기에 별도로 권하지도 않았었다. 어차피 그녀가 하고 싶은 일을 하게 해주는 것이 강민이 바라는 일이었기 때문이었다.

그렇지만 이제 상황은 달라졌다. 이런 오명을 벗지 않고서 전처럼 일 할 수는 없을 것이기 때문이었다.

"물론 네가 원하지 않는다면 지금처럼 있어도 돼. 당연히 이런 루머는 싹없어지게 할 수 있고 말이야. 다만, 이제

는 일을 배운다는 목적도 달성 하였으니 정말 하고 싶은
일을 해봐."

강민의 말을 들은 강서영은 다시금 생각에 잠겼다.

회장실에 올라왔을 때만 하더라도 이렇게 이야기가 전
개될 줄은 몰랐었다. 그냥 소문이 잠잠해질 때까지 며칠
정도 쉴 생각이 다였다.

하지만 이사장이라는 말을 다시 들은 그녀의 머릿속은
복잡해졌다.

짧지 않은 침묵이 그들 사이에 흘렀고 강서영은 마음의
결정을 내렸다.

'그래, 한번 해보자. 그간 기획실에서 수익성이 없어서
포기했던 사업들도 거기서는 해 볼 수 있을 거야.'

강서영은 기획실에 처음 발령 받은 이후 신규 사업에 대
한 검토를 하였을 때, 원래 그녀가 하고 싶었던 사회 공헌
사업 같은 것도 안건으로 올린 적이 있었다.

그러나 그런 사업들은 수익성이 없다는 이유로 모두 기
각 되었고, 약간 실망하기도 하였다.

물론 지금은 그녀 역시 그런 수익성이 없는 사업은 안
된다는 것을 알고 있었다. 회사의 최우선적인 가치는 수익
의 창출을 통한 사업체의 유지 발전이기 때문이었다.

하지만 재단은 달랐다. 애초에 사회공헌을 위해서 만들
어진 조직이기 때문에, 그런 사업들을 주도적으로 실행할

수 있을 것이었다.

이번에 생긴 악성 루머가 그녀의 결정에 영향을 미치지 않은 것은 아니었지만, 단지 그 루머 때문이라면 강민이 말 한대로 루머에 대한 처리만을 부탁했을 것이다.

이제 그녀의 머릿속에는 루머에 대한 생각은 없었다. 새로운 일에 대한 의지가 불타오르고 있었다.

"오빠, 나 해볼게."

강서영의 결심에 찬 표정을 본 강민은 고개를 끄덕이며 말했다.

"그래, 잘 생각했다. 이번 주는 쉬고, 다음 주부터 유리한테 인수인계 받도록 해. 장 실장에게는 내가 말할테니 걱정 말고."

"아니야. 그래도 상사로 모셨던 분인데, 내가 말할게."

"어차피 이사장 이야기를 하려면 내가 별도로 이야기해야 하지만, 그래 너도 따로 이야기를 해주렴."

"근데 다른 직원들한테는 어떻게…."

"어차피 오늘 중에 사내 공고 올릴 거니, 네가 별도로 말하지 않아도 될 거야."

"…사람들이 자기들을 속였다고 배신감 느끼지 않을까?"

강서영은 그게 걱정이었다. 나름 잘 행동했다고 생각했지만, 이제 회장의 동생임이 알려지게 된다면 다른 직원들이 보기에는 여태까지의 행동이 다 가식이라고 생각할 수 있었기 때문이었다.

"그런 사람들도 있겠지. 하지만 그런 사람들이 소문에 휩쓸려 너를 오해하고 섣불리 판단한 사람들이라는 거야. 굳이 그런 사람들에게까지 잘 보이려 할 필요는 없어."

"…그런가…."

"그래, 지금 배신감을 느끼는 사람은, 나중에라도 네가 내 동생이라는 사실이 밝혀진다면 네가 어떤 행동을 하고 삶을 살아왔든 배신감을 느낄 거야. 굳이 그런 사람들까지 고려해서 네 판단을 제약하지 마. 다만 정말 가깝다고 생각되는 사람은 배려 차원에서 미리 알려주는 것도 괜찮겠지."

"그래 알겠어. 고마워 오빠!"

"고맙기는. 어차피 네가 갈 자리에 네가 가는 건데."

애초에 회사를 만든 것 자체가 그녀 때문이었기에, 이런 일은 아무것도 아닌 일이었다. 강서영은 다시금 강민에게 아버지와 같은 든든함을 느낄 수 있었다.

강민과 이야기를 마치고 회장실에서 나온 강서영은 곧바로 실장실로 들어갔다. 장태성은 그사이에 강민에게 연락을 받았는지 강서영이 오자마자 자연스레 이야기를 꺼냈다.

"그래, 이제 가신다면서요?"

"오빠가 벌써 이야기 드렸나 봐요?"

"네, 조금 전에 전화를 받았습니다. 저도 그 소문 듣긴 했었는데 그거 때문인가요?"

장태성 역시 강서영에 대한 소문을 듣긴 하였다. 강서영이 강민의 동생임을 알고 있는 그는 일고의 가치도 없는 소문임을 알았으나, 아직 어린 강서영은 그런 소문에 상처를 입을 수 있을 것이라는 생각도 하였다.

그래서 지금 그녀의 결정이 이 소문 때문이 아닌가 하는 생각에 그녀에게 물었다.

"그… 영향이 없는 것은 아닌데, 복지재단에서 할 수 있는 일이 더 많을 것 같아서요. 그 쪽 일을 한번 해보고 싶기도 했구요."

"그렇군요. 여튼 업무 인수인계까지 굳이 신경 쓰지 마세요. 회장님 말씀으로는 다음 주부터 이사장 자리를 맡으실 거라던데, 그거 인수인계 받기도 빠듯할테니 말입니다."

"그래도 하던 일은 제대로 인계하고 가야죠. 어차피 큰 일들은 없어서 오늘 정도만 하면 급한 현안들은 다 인계할 수 있을 것 같아요. 그리고 어차피 같은 건물에 있으나 나중에라도 알려줄 수 있을 테고요."

"이사장님이 인계하러 온다면 다들 놀라겠군요. 허허허.

"그런데 누구한테 인계하면 될까요?"

잠시 생각하던 장태성은 한 명을 지목하며 입을 열었다.

"음… 장 대리한테 하시면 될 것 같네요."

"장찬영 대리 말씀이지요? 잘 되었네요. 어차피 장 대리님한테는 먼저 알려주려고 했으니까요. 그런데 장 실장님도 대단하시네요. 장 대리님이 아드님이신데 아직 알려주시지 않았다니 말이에요."

장태성 실장은 강서영이 강민의 동생임을 아들인 장찬영에게도 비밀로 하고 있었다. 강서영은 그것을 말하는 것이었다.

"아들이라도 지킬 것은 지켜야지요. 이 장태성 그렇게 신의 없는 사람이 아닙니다. 허허허."

✤

"장 대리님, 잠시 커피나 한 잔 해요."

실장실을 나와 사무실로 돌아온 강서영은 장찬영에게 다가가서 말을 걸었다. 장찬영은 아까 전까지 어두웠던 강서영의 표정이 갑자기 밝아진 것에 의아함을 느끼고 그녀와 함께 휴게실로 갔다.

"오빠, 나 할 말이 있어."

"무슨?"

"나 기획실 일을 그만두게 되었어. 장 실장님께 말씀드리니 오빠한테 인수인계를 하라고 하시더라구."

갑자기 일을 그만 둔다는 강서영의 말에 장찬영은 뜨악한 표정으로 그녀에게 말했다.

"야. 너, 소문 때문에 그러는 거야? 기분 나쁜 소문이긴 하지만 곧 사그라들 거야. 이런 일로 회사까지 그만 둬야겠어? 다시 한 번 생각해봐!"

"회사를 그만 두는 건 아냐. 기획실 일을 그만 두는 거지."

다시 생각해보니 강서영은 분명 회사를 그만두는 것이 아니라 기획실 일을 그만 둔다고 말 하였다.

그렇다면 부서이동 아니면 계열사 전출인데, 장찬영의 생각으로는 지금 상황에서 부서이동은 의미가 없을 테니, 전출일 가능성이 높았다.

"그럼… 아. 타계열사 전출인 거야? 하긴 그게 나을 수도 있겠다. 어차피 여기서는 안 좋은 소문이 퍼졌으니… 근데 그렇게 되면 그 소문을 인정하는 꼴이 되어버리지 않을까? 게다가 시간이 지나면 없어질 소문인데 그런 소문 때문에 그룹의 핵심인 우리 기획실에서 나가는 건 아깝지 않아?"

장찬영은 능력 있는 강서영이 이런 소문 때문에 기획실에서 나가 다른 계열사로 간다는 것이 못마땅했다.

그러나 이어지는 그녀의 말에 입을 쩍 벌릴 수밖에 없었다.

"타계열사이긴 하지, KM재단으로 가. 거기 이사장으로."

"KM재단이면 나름 중요계열이긴한데… 응? 뭐? 이사장이라고?"

"그 동안 오빠한테 말 못해서 미안해. 회장님이 우리 오빠야."

장찬영은 갑작스러운 강서영의 말에 어안이 벙벙했다.

"회… 회… 회장님이 네 오빠라고?"

"응. 말 못해서 미안해. 비밀로 하기로 하고 다녔거든."

"허…."

장찬영은 말을 제대로 잇지 못하였다. 너무나도 뜻밖의 이야기였기 때문이었다.

그런 장찬영의 모습에 강서영은 간단히 상황을 설명하였다. 장찬영은 그녀의 말에 다소 섭섭해 하기는 하였지만 상황 자체는 이해하였다.

그 역시 과거 자신이 태성그룹의 자제임을 알고 태도를 달리한 친구들이 많이 있었기에 이해할 수 있는 부분이었다.

"근데 세나는 알고 있어?"

"…그게… 세나는 알고 있어. 근데! 세나는 오빠한테 말하고 싶어 했는데, 나랑 우리 오빠가 부탁해서 그런 거니까 뭐라고 하지는 말아줘."

김세나 역시 알고 있다는 사실에 장찬영은 좀 더 섭섭한 기색을 보였지만, 납득한다는 표정을 보였다.

하지만 그녀의 마지막 말에는 더 이상 그 섭섭함을 참을 수가 없었다.

"그리고 장 실장님도 알고 계셔."

"뭐? 아버지도?"

✢

장찬영은 장태성에게 자신에게 말해주지 않은 것을 따지러 갔지만, 그럼 모든 회사 일을 그에게 말해줘야 한다는 것이냐는 꾸지람만 듣고 물러날 수밖에 없었다.

사적인 일로도 보일 수 있었지만 어찌되었든 업무상에 취득한 보안이 필요한 정보였다.

장태성의 입장에서는 당연히 보안을 지켜야 할 필요가 있는 사항이었고, 그것은 아들이라고 해도 예외는 아니었다. 원칙주의자인 장태성다운 행동이었다.

이후 강서영은 퇴근할 때까지 급한 업무에 대해서는 장찬영이 인수인계를 하였고, 부서 사람들에게는 몸이 안 좋아서 1주일간 휴가를 낸다고 말하였다.

그리고 오늘도 몸이 좋지 않아 오후 반차를 내고 먼저 들어간다고 하였다. 주위에서는 당연히 그녀가 소문 때문에 쉬는 것이라고 판단을 하였다.

하지만 그녀의 퇴근 후 10분 만에 상황은 달라졌다. 회사에 공고가 났기 때문이었다.

공고문의 내용은 두 가지였다. 기획실 대리 강서영의 의원면직 및 KM 재단 이사장 교체의 건이었다. KM 재단 이사장은 김유리에서 강서영으로 교체한다고 공고가 났다.

당연히 회사는 난리가 났다. 강민의 지시를 통해 강서영의 정체에 대한 함구령 역시 풀었기에 얼마 지나지 않아서 강서영이 강민의 동생이라는 사실이 전 회사에 퍼져나갔다.

사람들이 모이는 곳마다 강서영의 이야기가 나왔는데, 아니나 다를까 10층의 휴게실에서도 강서영 사건을 주제로 뒷담화가 이루어지고 있었다.

"야. 이야기 들었어? 기획실 강 대리가 회장님 동생이라며?"

"그래 나도 이야기 들었어. 그럼 그 루머는 어떻게 된 거야?"

"어떻게 되기는 뭐가 어떻게 돼? 새빨간 거짓말인거지. 지금 들리는 이야기로는 완전히 반대 상황이라던데?"

"반대 상황이라면?"

"최 이사가 강 대리를 꽂아 준 것이 아니라, 강 대리가 최 이사를 꽂아 준거라고."

"아… 그럴 수도 있겠군."

"그럴 수 있는 게 아니라 그렇다더라. 강 대리가 발령 난 것을 보고 최 이사가 직접 이야기 했다는 말도 있더라고."

"그래? 허… 참. 회장님 동생이 왜 그리 오랫동안 일반 직원으로 있었던 거지?"

"낸들 알겠나. 여튼, 이번에 소문을 주도적으로 옮긴 사람들은 몸 좀 사려야겠어. 감사팀이 조사 중이라는 말도 있더라구."

안경을 낀 중년인이 감사팀의 조사라는 이야기를 하자 같이 이야기를 나누던 곱슬머리의 중년인이 곤란한 표정으로 중얼거렸다.

"이… 이런…."

"뭐야? 자네도 이 루머를 옮겼어?"

"아… 아니… 그… 그게…."

"그게 뭐? 설마 진짜 그런거야? 어이구. 어쩌려고 그랬나, 이 사람아."

"아니 그냥 메신저에 루머가 들어왔기에 그냥 알던 사람들한테 몇 번 전달 정도만…."

"그게 옮긴거지 뭔가. 어휴… 여튼 조심하게 분위기가 좋지 않아. 회장님께서 벼루고 있다는 이야기도 비서실에서 흘러나왔다더라고."

"하긴··· 회장님 동생의 일이니···."

"그러게 말이야. 조심 좀 하지 그랬어. 강 대리, 아니 이 사장님 평소 평판을 봤으면 헛소문이라는 걸 알았을 텐데 말이야."

여기저기서 위와 같은 대화가 퍼져 나갔다. 전의 루머를 접했고, 그 루머를 믿었던 다수의 사람들은 부끄러움을 느꼈고, 그 루머를 퍼트린 사람들은 혹시나 자신에게 불이익이 오지 않을까 전전긍긍하였다.

특히 그 인사 발령 공고를 본 직원 중 한 직원의 안색이 파랗게 변했다. 총무팀의 신애린 대리였다.

신애린과 강서영의 관계는 일방적으로 신애린이 강서영을 싫어하는 관계였다. 강서영은 단지 입사 동기 정도로 신애린을 생각하며 그녀에 대한 별 다른 감정이 없었으나, 신애린은 강서영을 무척이나 싫어하고 있었다.

그 감정은 연수원 때부터 시작되었다. 당시 그녀가 마음에 두었던 장찬영이 강서영에게 호감을 갖고 있었기 때문이었다.

신애린이 몇 차례나 접근하였지만 강서영에게 마음을 둔 장찬영은 그녀의 고백을 거절하였었다. 물론 장찬영은 강서영이 아니었더라도 신애린과 만날 마음은 없었지만, 신애린은 그것까지는 알지 못하였다.

어쨌든 그 때부터 신애린은 강서영을 좋아하지는 않았

다. 다만, 지금까지는 서로 다른 부서에 있어 그간 엮일 일이 별로 없었다. 신애린이 강서영을 싫어하는 것도 짝사랑과도 같은 혼자만의 일반적인 감정이었다.

그런데 저번 주 자신이 그렇게 싫어하는 강서영이, 신임최강훈 이사의 여자친구라는 사실을 알게 된 신애린은 큰충격을 받았다.

과거 자신이 노리던 장찬영이 김세나와 사귀는 것과는비교도 되지 않는 충격이었다. 임원의 아들과 만나는 것과임원과 만나는 것은 격이 달랐다.

더군다나 그 젊은 임원이 회장의 피후견인이라는 것은, 그 사람만 잡는다면 그야말로 그녀가 꿈꾸던 로얄 패밀리가 될 수도 있는 기회였다.

그녀가 싫어하는 사람이 그녀가 그토록 원했던 기회, 상류층 남자를 잡아 로얄 패밀리가 될 그런 기회를 가졌다는사실에 신애린은 질투를 넘어서 증오감까지 생겼다.

그래서 저지른 일이었다. 인터넷에 글을 올리고 사내에친한 사람들을 통해서 루머를 만든 것이었다.

신애린, 그녀가 루머의 최초 유포자였다.

그런데 오늘 공고를 보고, 뒷이야기를 들어보니 자신과 비슷한 부류라고 생각한 강서영이 사실은 정체를 숨긴 로얄 패밀리였다는 것에 신애린은 경악할 수밖에 없었다.

더군다나 이번 루머를 감사팀이 조사 한다는 소식에 신애린은 손마저 벌벌 떨렸다.

　'감… 감사팀에서 조사를 한다고? 어… 어떻게 하지…? 어차피 소문의 원천을 찾다보면 나인 것을 알게 될텐데… 어떻게… 아! 인터넷에서 봤다고 우기자!'

　인터넷에 올린 글 역시 자신이 쓴 글이지만, 신애린을 그것을 부인할 생각이었다.

　'아… 그치만 요즘은 IP 추적 같은 기술로 누가 쓴 글인지 알 수 있다고 하던데… 어떡하지?'

　이리저리 생각하던 신애린은 눈을 빛내며 방법을 찾았다.

　'그래, 지영이한테 부탁하자. 동생이 언니의 말을 듣고 도와주려고 했다고 한다면 별다른 말을 하지 않을거야. 어차피 지영이는 미성년자니 크게 처벌을 받지도 않을거고. 그래! 이 방법이면 빠져나갈 수 있을 거야!'

　신애린이 생각한 방법은 아직 고등학생인 친동생에게 부탁하여, 그녀 대신 동생이 인터넷의 글을 작성했다고 말하게 하는 것이었다.

　정확하게 말하면, 신애린이 회사에서 생긴 일들을 동생에게 이야기 하였다고 꾸미는 것이 첫 번째 단계이고, 동생이 언니 몰래 이런 저런 이야기를 엮은 뒤 루머를 만들어 인터넷에 올렸다고 하는 것이 두 번째 단계였다.

그리고 마지막 단계로 언니인 자신이 동생이 쓴 글인지 모르는 채, 인터넷에서 그 글을 보고 그것을 사실로 오인하여 회사에 퍼트린 정도로 꾸미는 것이 그녀의 시나리오였다.

그렇게 된다면 회사에 유포한 것은 그녀가 처음이겠지만, 루머 자체에 대한 최초 유포자는 동생이 될 것이었다.

수사를 통해서 누가 쓴 글인지 찾는 다 해도 동생은 아직 고등학생으로 미성년자이고 초범이기에 잘못을 뉘우친다고 선처를 구한다면 별다른 처벌 없이 넘어갈 가능성이 높았다.

나이 차가 좀 나는 동생은 자신의 말이라면 다 들어 줄 것이기 때문에 부탁을 하는 것은 걱정이 되지 않았다. 물론 동생에게는 다소간의 금전적인 보상을 해줄 생각이었다.

자신의 시나리오에 만족한 신애린은 그제서야 얼굴을 펴고 회심의 미소를 지었다.

✢

다음 날이 되자 회장실에서 신애린을 부르는 호출이 왔다. 신애린의 생각에는 며칠 더 시간이 있을 것이라 생각했는데 예상보다 빨리 호출이 와서 그녀는 약간 놀라고 있었다.

하지만 이미 자신이 빠져나갈 시나리오를 구축한 신애린은 그리 걱정을 하지 않았다.

'벌써 조사가 끝난 거야? 역시 대기업이네. 휴. 미리 생각해두지 않았으면 꼼짝없이 잡힐 뻔 했네.'

옷매무새를 가다듬은 신애린은 노크를 한 후 회장실 안으로 들어갔다.

"회장님, 신애린입니다."

집무실의 테이블에는 강민이 앉아 있었는데 신애린이 들어오자 자리에서 일어났다. 그런 강민을 보고 신애린은 본능적인 눈웃음을 지었다.

그런 눈웃음을 남자들이 좋아한다는 사실을 잘 알고 있었기 때문이었다.

하지만 강민은 그녀의 웃음에도 아랑곳 않고 신애린을 응접용 쇼파 자리로 안내했다.

"이 쪽으로 와서 앉아요."

쇼파에는 이미 유리엘이 자리를 잡고 서류를 검토하고 있었는데, 외모에 대한 자신감이 넘치는 신애린이라도 유리엘의 압도적인 미모에는 자신감을 잃을 수밖에 없었다.

'역시, 외모로 회장 사모님이 되려면 저 정도 얼굴은 되어야 하나….'

여자의 기준을 외모로 판단하는 신애린 다운 생각이었다.

신애린이 자리에 앉자 단도직입적으로 강민은 물었다.

"신애린씨 왜 그런 루머를 퍼트렸죠?"

강민의 말에 신애린은 이미 조사를 마쳤다는 것을 알 수 있었고, 부인해도 소용없다는 것 또한 알았다. 그래서 자연스럽게 준비해뒀던 시나리오로 넘어갔다.

"죄송합니다. 하지만 제가 그 루머를 만든 것은 아니고, 저도 인터넷에서 글을 보고 긴가민가 하는 생각으로 친한 사람들에게만 말했었는데… 이렇게 다 퍼질 줄은 몰랐습니다. 죄송합니다."

신애린은 루머를 퍼트리기는 하였지만 루머의 출처가 인터넷에서 본 글이라는 주장으로 최초의 작성자는 아님을 내세웠다.

"그런가요? 알아보니 그 글을 올린 곳이 신애린 대리의 집인데 어떻게 된 거죠?"

하지만 그녀의 말에 유리엘이 서류 한 장을 내밀었고, 그 자료에는 신애린의 집에 있는 PC의 IP와 게시글의 IP가 동일하다고 나와 있었다.

"네? 어… 어떻게… 저… 저는 모르는 일입니다."

다시 한 번 역시 대기업이라는 생각을 하면서, 신애린은 모르쇠로 일관하며 부인하였다. 그렇게 강하게 부인하는 모습을 보인 뒤, 혹시라는 말을 시작으로 같이 사는 동생의 이야기를 언급하였다. 그리고 강민에게 양해를 구하고 동생과 통화를 하였다.

동생과는 이미 어제 말을 맞춰놓았기에 둘의 대화는 자연스럽게 이어졌다. 한참의 통화 뒤에 결국 동생이 언니의 말을 듣고 장난삼아 올린 글이라는 결론을 내리고 전화를 끊었다.

"정말 죄송합니다. 동생이 철이 없어서… 저도 제대로 알아보지도 않고 그런 이야기를 주위에 알려서 입이 열 개라도 할 말이 없습니다. 징계를 주신다면 달게 받겠습니다. 다만 동생은 아직 어리니 제발 용서해 주시기 바랍니다. 죄송합니다."

신애린은 자신의 잘못과 동생의 잘못에 대해서 용서를 구하며 강민과 유리엘에게 고개를 숙였다. 동생이 어리다는 말로 선처를 부탁하는 것도 잊지 않았다.

다만, 고개를 숙여 앞에서는 볼 수 없었지만 신애린의 얼굴에는 계획대로 되었다는 안도의 표정이 나타나 있었다.

하지만 신애린은 강민과 유리엘을 얕잡아 본 것이었다. 둘은 이미 신애린의 시나리오를 다 알고 있었다. 루머를 퍼트린 상황부터 어제 동생과의 대화까지 모두 다 알고 있었다.

고개 숙인 신애린을 보면서 강민과 유리엘은 심어를 나누었다.

[민, 역시 반성은 없네요.]

[애초에 마나 성향을 보니 그럴 것 같았지. 저열한 속물근성과 왜곡된 자기애를 가진 타입이군.]

[그러게요. 그런 성향을 내부적으로만 갖고 있다면 문제될 것은 없지만, 자신보다 나은 사람들에 대한 질투를 파괴적 욕구를 풀어내는 고약한 성품까지 있으니. 언젠가는 자신뿐만 아니라 주위도 다치게 할 타입이네요. 어떻게 할 건가요? 소멸은 좀 과한 것 같고…]

어차피 강민은 법적으로 처벌할 생각은 없었다. 법적으로 처벌해 봤자 기껏해야 벌금형 정도였다. 물론 파면 역시 가능할 것이나, 그녀의 외모나 학벌 정도면 얼마든지 다른 직장을 구할 수 있을 것이었다.

그렇기에 강민은 근본적인 징벌을 생각하고 있었다. 다만 유리엘과 마찬가지로 강민 역시 그녀가 저지른 잘못에 비해 소멸은 너무 무거운 징벌이라는 생각은 하고 있었다.

[그 정도까지 할 필요는 없지, 그냥 속물근성과 왜곡된 자기애의 원천을 없애버리자. 외모에서 주는 호감을 비호감으로 바꿔 버리면 될 것 같은데.]

[호감을 비호감으로라… 저주면 간단하긴 한데… 음…]

저주 마법이면 그녀를 보는 사람들이 그녀가 마치 괴물처럼 느껴지게 할 수 있었다. 그렇지만 그렇게 된다면 회사생활은 물론이고 일상생활마저 불가능 할 것이었다.

어쩌면 죽는 것 보다 못한 삶이 될 수도 있었다. 아마 신애린이 아닌 일반인이라도 정신병으로 자살해 버릴 가능성이 높았다.

결과적으로 여기서 소멸 시켜 버리는 것보다 더 지독한 처벌일 수도 있었다.

분명 잘못을 저질렀고 벌을 받아야 할 것이지만, 저주는 다소 과한 징벌이라는 생각에서 잠시 유리엘의 망설임이 있었다.

생명의 존중과 같은 의미는 아니었다. 단순히 필요의 문제였다.

만일 신애린을 소멸시킬 필요가 있었다면 한 치의 망설임도 없이 처리해버렸을 테지만 굳이 그럴 필요가 있나하는 생각이 그녀를 망설이게 한 것이었다.

그런 그녀의 생각을 읽었는지 강민이 유리엘에게 말했다.

[아르테 차원에 있던 신성마법을 사용한다면 괜찮지 않을까?]

[아르테! 아. 딱 좋네요. 호호, 징벌을 생각하다보니 그쪽으로는 생각을 못했네요.]

강민이 말한 마법은 과거 있던 차원에서 성직자들이 주로 쓰는 마법으로 내적 아름다움을 밖으로 표출하는 마법이었다.

사실 그 성직자들은 그것이 마법인지는 몰랐다. 교단의 세례를 받는 순간부터 죽을 때까지 상시적으로 적용되는 마법이었기 때문이었다. 파문을 당하거나 신을 버리지 않는 이상은 신의 의지가 그 마법이 유지되도록 하였다.

그래서 아르테 차원의 성직자들은 신심이 깊을수록 모두에게 호감을 주는 외모를 가질 수 있었다.

지금 강민이 말하는 것은 이것을 역이용하는 것이었다. 그 마법을 통해서 지금 신애린 내부의 마나성향이 외적으로 드러난다면 그녀의 모습은 추하게 느껴질 것이었다.

저주와 같이 괴물처럼 보이는 것은 아닐 것이지만, 다른 사람들에게 비호감을 자아내는 기질이 될 것임에 틀림없었다.

신성마법이다 보니 저주처럼 과하지는 않았다. 그리고 신애린이 왜곡된 마음을 먹고 있긴 했지만, 강간, 살인 등을 저지르는 범죄자와 같이 구제받지 못할 마음을 가지고 있는 것은 아니기에, 상종 못 할 끔찍한 사람 정도로 까지는 느껴지지는 않을 것이었다.

다만, 마법이 발현된다면 그녀가 지금껏 외모로 인해서 누려왔던 모든 것들이 부정될 것이었다. 기본적으로 지금 그녀의 상태라면 호감보다는 비호감을 줄 것임이 틀림없었기 때문이었다.

물론 마법은 상시적으로 작용하고 있으나 만일 그녀가 개과천선을 한다면 다시금 본연의 화려한 외모로 주위사람들에게 호감을 얻을 수 있을 것이었다.

하지만 지금 그녀의 상태를 본다면 그렇게 되기란 요원할 것 같았다. 여전히 저열한 시기심이 그녀의 마나성향에 잘 드러나 있었기 때문이었다.

결정을 내린 유리엘은 신애린이 알아차릴 수 없게 마법을 시전했다.

유리엘의 마법은 신애린의 눈에는 보이지 않았지만 그녀의 머리 위로 살며시 내려앉았다. 신성마법을 모태로 한 마법이라 따스한 기운을 품고 있었는데, 신애린을 뜻밖의 따스함에 잠시간 어리둥절하였다.

그리고 마법이 걸렸다는 것을 확인이나 시켜주듯, 지금까지 절로 호감이 생기던 신애린의 모습이 한눈에도 비호감으로 변했다.

이목구비 등의 외모는 그대로였지만, 왠지 밉살스러워 보였고 가까이 하기 싫어보였다.

마법이 걸린 것을 확인한 강민은 신애린에게 축객령을 내렸다.

"알겠습니다. 앞으로는 이런 일이 없도록 주의하시기 바랍니다. 처음이라 그냥 넘어가겠습니다. 나가도 좋습니다."

강민이 용서해 준다는 식의 말을 하자 신애린은 내심 회심의 미소를 지었다. 모든 것이 자신의 생각대로 되었기 때문이었다.

"감사합니다. 회장님, 앞으로는 이런 일이 없을 것입니다."

❖

별 일 없이 이번 일이 마무리되어 좋은 기분으로 부서로 돌아온 신애린은 자리에 앉아 업무를 시작했다.

'오늘은 여비지급만 처리하면 별다른 일은 없으니까. 퇴근하고 홍보팀에 김 대리랑 술한잔 할까?'

최근 홍보팀에 있는 김형식 대리가 그녀에게 작업이 들어왔다. 처음에는 그리 뛰어나지 않은 외모의 김형식에게 별로 관심이 없었으나, 다른 선배에게 듣기에 부친이 강남에 빌딩을 가지고 있는 알부자라는 말에 약간 관심이 생겼다.

어느 정도의 재산이 있는지 확인하기 위해서 퇴근 후에 자리를 만들어 볼까 생각하는 신애린이었다.

학창시절에는 이른바 로얄패밀리를 꿈꾼 그녀였지만, 점점 나이가 들어가면서 현실을 직시하기 시작했다.

평범한 가정에서 자란 그녀가 로얄패밀리를 만나는 것

은 드라마 같은 상황이 현실화 되거나 로또에 걸리는 것만큼 어렵다는 것을 인정하였다.

결국 직장생활 3년만에 재벌 2세나 3세를 노리는 처음 목표에서 소위 말하는 부잣집 아들 정도로 눈이 낮아졌다.

이번에 김형식은 그런 그녀의 커트라인에 들어오는 인물이었다. 물론 강남에 있는 빌딩이 소문처럼 클 때의 이야기였다.

이런 생각에 빠져있는지라 신애린 주위에서 그녀를 보는 시선이 달라졌음을 깨닫지 못하고 있었다.

사실 지금 그녀의 주위 사람들은 의아함을 더 많이 느끼고 있었다. 단적으로 옆에 앉아 있는 김광석 과장만 하더라도 회장실에 다녀오기 전까지의 그녀 모습과 지금 그녀의 모습이 달라져서 이상하다고 생각하고 있었다.

정확히 이야기하자면 외모가 달라졌다하기 보다는 풍기는 분위기나 기질이 달라졌다는 것이 맞는 말일 것이었다.

'이상하네. 아까 전까지 그렇게 예뻐보이던 애린씨가 지금은 왜 이렇게 재… 수 없어 보이지?'

노총각인 김광석은 신애린에게 마음이 있었고, 그녀의 업무에 대해서 대부분 도와주고 있었다. 처음에는 부담스러워 했던 신애린도 지금은 당연한 듯 김광석에게 업무를 떠넘기고 있는 상황이었다.

만일 후임에게 자기의 업무를 떠넘긴다면 욕먹어 마땅

한 일이겠지만, 선배가 나서서 후임의 업무를 도와주는 것은 미담사례라 할 수 있었다.

물론 김광석이 흑심이 있어서 도와주고 있는 것은 모두가 알고 있었지만 말이다.

그런데 오늘 따라 김광석은 그녀가 업무협조를 부탁하는데 들어줄 마음이 전혀 생기지 않았고, 심지어는 짜증마저 났다.

처음에는 그런 자신의 모습에 의아함을 느끼던 김광석은, 한 동안 가만히 생각하다가 스스로 결론을 내렸다.

'아! 내 콩깍지가 벗겨진 것이군. 그래, 삼년을 이렇게 노력했는데 소용없다면 콩깍지가 벗겨질 만도 하지. 어차피 신 대리는 나한테 관심없는데 잘됐네.'

공교롭게도 김광석이 결론을 내린 직후, 신애린이 또 다른 업무에 대한 부탁을 하였다.

"김 과장님, 출장비 점검 하는 것 좀 도와주시지 않겠어요? 제가 엑셀을 잘 다룰 줄 몰라서요."

평소 같으면 당연히 나서서 도와준다고 말할 김광석에게서 뜻밖의 말이 나왔다.

"신 대리, 회사에 온지 3년이나 지났는데, 아직도 그거 하나 제대로 못해서 되겠어? 그리고, 요즘은 대학생들도 다 다루는 엑셀인데 뭐한다고 그것도 못해? 혼자 공부해서 점검해봐!"

"아… 네….."

신애린은 어안이 벙벙했다. 그녀만을 바라보던 순둥이 김광석의 질책에 정신을 차릴 수가 없었다.

'뭐야? 김 과장 오늘 왜이래? 팀장한테 깨지기라도 했나? 아니 깨졌다고 해도 나한테 이럴 사람이 아닌데? 뭐지?'

그녀의 당황함은 이제 시작이었다. 팀장에게 간단한 결제를 올렸을 때에도 면박을 당했다.

"신 대리! 이게 뭔가 이런 공문에 오타라니. 내가 몇 번 수정해줬더니 그걸 당연하게 아는거야 뭐야? 저번에 지적했으면 이번에는 당연히 고쳐 와야 할 거 아냐!"

"죄송합니다. 팀장님…."

매월 나가는 간단한 공문이다 보니 저번 달의 공문을 복사해서 붙이다가 일어난 실수였다.

그렇지만 팀장 역시 신애린에게는 한없이 자상하기만 하였는데 이 정도 실수 가지고 이런 면박을 주는 것은 과했다.

신애린은 오늘 따라 이상하다는 생각만 자꾸 들었다.

'일진이 사나운가… 아침에 일은 잘 풀렸는데 왜 이러지?'

신애린은 팀원들도 다른 팀의 직원들도 협조가 안 되는 전례 없는 힘든 하루를 보내고 아까 메신저로 약속을 잡은 김형식을 만나러 나갔다.

김형식은 그녀에게 잘 보이고 싶었는지 강남에서도 비싸기로 유명한 일식집에 예약을 해두었다. 퇴근시간이 맞지 않아 그가 먼저 가서 기다리고 있는 상황이었다.

불친절한 택시기사 때문에 또다시 기분이 상한 그녀는 일식집에 들어가서 김형식의 이름을 댔다.

신애린이 안내를 받아 김형식이 있는 방으로 들어간 순간 그의 표정이 이상하게 변했다.

"어… 어서와요. 애린씨."

반기려고 하던 표정이 굳어져서 어색해진 표정이었다.

"아. 네. 김 대리님."

역시 분위기는 이상했다. 몇 주간 그녀에게 잘 보이려고 노력했던 김형식이었지만 오늘은 왠지 틱틱거리며 툴툴거렸다.

식사내내 유쾌하지 않은 분위기가 이어져서 2차는 가지도 못하고 1차에서 끝났다.

원래대로라면 당연히 그녀를 집까지 데려다 줬을 김형식은 급한 약속이 있다면서 먼저 차를 몰고 가버렸다.

"아! 진짜! 오늘 왜 이래!"

신애린의 수난은 여기서 끝이 아니었다. 가족들마저도 그녀를 대하는 태도가 바뀌었다.

한국대를 나와 KM 그룹에 들어간 신애린은 가족들의

자랑이었다. 더군다나 예쁜 얼굴까지 가졌으니 그야말로 지성과 미모를 겸비한 재원이었다.

언제나 그녀에게 자상하고 자애롭게 대해주던 어머니였는데, 그리고 그녀의 말이라면 뭐든 따라주던 동생이었는데 오늘은 그러지 않았다.

어머니는 오늘따라 그녀에게 트집을 잡았고, 동생은 말끝마다 말대꾸를 하였다.

회사사람들은 물론이고 가족들까지 자신을 좋지 않게 대하는 모습을 보이자, 그녀는 미쳐버릴 것만 같았다.

이런 상황에 대해서 속풀이를 하고 싶어 친구를 만났는데, 그 친구 역시 그런 반응이었다. 더 이상 그녀에게 호의를 보이는 사람은 아무도 없었다.

지금껏 그녀가 살아왔던 세상과 전혀 다른 세상에 있는 것만 같았다. 호의로 가득 찬 세상에서 적의로 가득 찬 세상으로 온 세상이 변한 것 같았다.

그렇게 며칠이 지나자 신애린은 스트레스성 위염까지 생겼다. 그렇지만 상황은 변하지 않았고 지속되는 스트레스에 약을 먹어도 낫지 않았다.

그리고 그 스트레스가 심화되어 위염이 위궤양으로 심화되었다. 결국 그녀는 휴직계를 내고 입원을 하고 말았다.

그녀가 자신의 모습을 직시하고 마음을 고쳐먹지 않는

이상, 신애린에게 더 이상 호감을 갖고 나타날 사람은 없
을 것이었다.

3장. 회의

NEO MODERN FANTASY STORY & ADVENTURE

# 현세귀환록

## 3장. 회의

어둠속에서 한 남자가 휴대전화를 들고 있었다. 남자의 전면에서 은은한 붉은 빛이 발생하고는 있었지만, 그의 얼굴을 확인할 만큼 충분하지는 않아 남자의 모습을 알아 볼 수는 없었다.

남자는 통화를 하다 놀라운 말을 들었는지 다소 상기된 목소리로 반문을 하였다.

"뭐? 앤더슨이 축출되었다고? 그럼 총재의 자리는 어떻게 되었나?"

[위원회에서 새로이 총재를 임명할 때까지 벤자민이 총재대리를 하는 것으로 결정 되었습니다.]

"음… 그럼 앤더슨은 어떻게 되었나? 순순히 물러날 놈은 아니지 않나."

[그게… 갑자기 모습을 감추었는데, 행방이 확인되지는 않고 있습니다. 다만 벤자민의 측근들 사이에서는 퍼니셔에 의해 살해되었다는 소문이 돌고 있습니다.]

퍼니셔라는 말에 잠시 침묵을 하던 남자는 조용히 상대방에게 반문하였다.

"…사실인가?"

[아직 확인되지는 않았습니다. 하지만 이렇게 축출된 것으로 보아 죽거나 최소한 치명상을 입은 것임에 틀림없습니다.]

"흐음… 아깝게 되었군. 그래도 꽤나 투자했던 녀석인데 말이야. 몇 년만 더 작업을 한다면 완전히 종속자로 만들 수도 있었을텐데…."

[일단 행방을 수소문 해보도록 하겠습니다.]

"아니야. 너무 눈에 띄게 행동할 필요는 없다. 어차피 앤더슨이 살아있다면 우리에게 연락할 수밖에 없으니, 찾을 필요도 없겠지. 쫓겨난 입장에서 갈 수 있는 곳이 별로 없을 테니 말이다. 우선 벤자민을 예의 주시하고 있도록 해라."

[네, 알겠습니다. 그리고…]

전화를 끊으려던 남자는 말을 이으려는 상대방에게 물었다.

"또 다른 일이 있는가?"

[네, 유니온에서 관리하던 비약 제조실에 파견되었던 형제들에게서 다 연락이 끊겼습니다. 제조실 또한 폐쇄된 것으로 보아, 다 척살된 것 같습니다.]

"8군데 모두 말인가?"

[네, 그렇습니다.]

"….그런가… 그렇다면 앤더슨이 축출된 이유가 비약 때문인건가… 혹시 위원회에서 눈치를 챘건가? 위원회, 아니 올림포스와 루시페르의 움직임은 없나?"

[소수의 수뇌부들이라면 모르겠지만, 전면적인 움직임은 아직 없어 보입니다.]

"그래? 위원회가 아니라면, 소문대로 진짜 퍼니셔라는 건가? 흐음… 관련 정보가 들어오면 지체 없이 연락 하도록."

[네, 알겠습니다.]

전화를 끊은 남자는 잠시 생각에 잠겼다가 나직이 혼잣말을 중얼거렸다.

"앤더슨은 아깝게 되었군. 마스터급 종속자는 드문 케이스인데 말이야. 그래도, 대체할 재료를 구했으니 손해 본 것은 아닌가? 흐흐."

어둠 속에 있는 남자의 앞에는 은은한 붉은 빛을 내는 관이 열려 있었다. 그리고, 관 안에는 한 사람이 누워있었다.

관에서 발생하는 약한 붉은 빛은 안에 있는 사람을 확인 할 만큼 충분히 밝지가 않아서, 관 안의 사람이 남자인지 여자인지, 젊은이인지 노인인지 조차 확인되지는 않았다.

다만, 관에 누워있지만 몸이 움찔거리면서 움직이는 것으로 보아, 아직 살아있는 사람인 것은 확인할 수 있었다.

관 안에 있는 사람이 움직임이 커지면 커질수록 관의 붉은 빛은 그에 반응하듯이 더 강한 빛을 발하였다.

한동안 작은 움직임만을 보여서 관이 발하던 붉은 빛도 점점 옅어질 무렵, 갑자기 관 안의 사람의 가슴이 크게 튕기며 마치 일어나는 것과 같은 큰 움직임을 보였다.

동시에 관의 붉은 빛 역시 순간적으로 공간을 다 비출 수 있을 만큼 밝아졌다.

당연히 관 안에 있는 사람의 얼굴과 옷차림 역시 붉은 빛 속에서 드러났다. 그 사람은 도포를 입고 있는 70대 정도의 노인이었다. 바로 이극민이었다.

이극민은 핏자국과 찢어진 도포를 입고 있어 나카타와 대결한 직후의 모습과 크게 다르지 않았다.

조금 전에 있었던 큰 움직임에 만족하였는지, 관을 바라보던 30대 초반의 남자는 클클거리는 웃음을 지으며 중얼거렸다.

"크크. 이극민 가주, 이제 그만 포기하고 대법을 받아들이시지 그러오? 버텨봤자 소용없다니까. 크크큭."

남자의 말이 들리는 것인지, 고통스러워하며 얼굴을 찡그리고 있던 이극민의 표정은 더욱 더 구겨졌다.

그런 이극민의 표정을 보던 남자는 인정한다는 듯 고개를 끄덕이며 다시 말했다.

"하긴 마스터의 자존심이 있는데 이렇게 쉽게 포기할리는 없겠지, 어쨌든 시간문제니까 조만간 다시 봅시다. 이극민 가주. 하하."

남자의 말이 끝남과 동시에 관에서 발하던 빛도 서서히 약해져서 다시금 어둠이 공간을 장악하기 시작했다.

❖

"다들 모이셨으니 회의를 개최하도록 하겠습니다. 이렇게 임시회의를 개최하는 것은 쇼군이 사망한 이후로 처음이군요."

의장이 위원회의 개회를 선언하였다. 위원회를 개최하는 장소와 위원 개개인의 모습은 전과 바뀐 것이 없었다.

여전히 어두운 수정구의 빛은 사람을 알아볼 수 있을 정도로 밝지 않았고, 8인의 사람이 앉아 있다는 것만 알 수 있었다.

"그래서 오늘의 안건은 무엇이오, 의장?"

과거 나카타의 위원회 가입을 반대했던 성질 급한 목소리가 다시금 들려왔다.

"그 성정은 어디 가지 않는 군요. 맹주. 오늘 안건은 유니온의 총재 교체에 관한 건입니다."

맹주라 불린 사내는 유니온 총재 교체라는 말에 그럴 줄 알았다는 듯 고개를 주억거렸다. 이미 앤더슨의 사망에 대해서 알고 있는 눈치였다.

하지만 몇몇 사람들은 소식이 늦는지 의장에게 되물었다.

"총재의 교체라니? 앤더슨 총재는 어쩌고 말입니까?"

"앤더슨 총재에게 변고라도 있습니까?"

의장은 손을 들어 좌중의 시선을 끌어 모은 후 질문들에 대답하였다.

"앤더슨 총재는 퍼니셔에 의해서 척살되었다고 합니다."

역시 몇몇 사람들은 알고 있었다는 듯 고개를 끄덕였고, 몇몇은 처음 듣는 소식인 양 놀라워하였다.

"허… 척살이라니…."

"또 퍼니셔인가요?"

그런 반응을 예상이나 한 듯 의장은 말했다.

"그렇습니다. 또 퍼니셔이지요. 다만, 이번에는 우리가 그에게 고마워해야겠더군요. 그가 아니었더라도 우리가 처리해야 할 일이었으니 말이죠."

"고마워한다니 그리고 우리가 처리해야 한다니 무슨 말입니까?"

"앞에 보고서를 보시지요."

의장이 말을 함과 동시에 위원들의 각 테이블 위에는 홀로그램과 같은 스크린이 떠올라 왔다. 스크린이 광원(光源)이 되어 지금까지 보이지 않았던 각 위원들의 모습 또한 드러났다.

불빛에 드러난 위원들은 다양한 인종, 다양한 나이, 다양한 외모를 지닌 사람들이었다.

각 위원들은 자연스럽게 이미 이런 스크린 형태의 보고서에 익숙하였는지 허공에 손짓을 하며 보고서와 첨부된 이미지들을 읽어나갔다.

이 보고서에는 이번 앤더슨이 벌인 치료센터와 비약에 관한 사건이 자세히 서술되어 있었다. 앤더슨이 치료센터를 개조해서 비약 생산시설을 만든 것부터, 비약을 먹었을 때 어느 정도의 힘을 발휘하는지도 나타나있었다.

부작용 역시 서술되어 있었는데 아직 영혼에 대한 정보가 적은 지라, 비약이 정신을 피폐하게 만들어 종국에는 광인이 되어버린다는 식으로 쓰여 있었다.

또한 지금은 유니온에서 모든 치료센터와 비약 생산시설을 다 폐쇄했다는 보고 역시 첨부되어 있었다.

대강의 내용을 알고 있는 위원들도 있었지만, 이런 구체적인 보고서는 보지 못했는지 하나하나 찬찬히 살펴가며 보고서를 읽었다.

"음… 앤더슨이 과한 욕심을 부렸군요."

보고서를 다 읽었는지 파라오의 가면을 쓴 남자가 신음성을 내며 말했다. 스크린이 나타나면서 생긴 불빛 덕분에 지금 위원회의 위원들의 모습이 어느 정도 드러난 상태였지만 이 남자는 가면을 쓴 상태라 그 진면목을 확인할 수 없었다. 다만 목소리에서 묻어나오는 연륜이 적지 않은 나이임을 짐작하게 하였다.

파라오 가면의 말이 끝나자 그의 옆에 있던 인도 전통 복식인 쿠르타를 입은 중년인도 보고서를 다 읽었는지 입을 열었다.

"보고서대로라면 아까 의장님이 말씀하신대로 퍼니셔가 우리가 할 일을 대신했다고 할 수도 있겠군요. 앤더슨이 이런 짓을 뒤로 하고 있었을 줄이야…."

그의 말이 끝나자 맹주라고 옛 중국의 무복(武服)을 입은 호랑이 눈을 가진 중년의 동양인이 말을 받았다.

"그래서 내가 애초에 앤더슨 그 자가 유니온의 총재가 되는 것을 반대했던 것이오. 뭔가 뒤가 구려 보였거든. 흥!"

그의 말을 상석에 앉아 있는 의장이 받았다. 의장은 흰

색로브를 입은 70대 백인 노인으로 맹주라 불리는 동양인 사내를 타이르듯 말했다.

"어찌되었든 맹주 역시 거부권까지는 행사하지 않았잖소. 이제 와서 잘잘못을 가린다는 것은 우스운 일일 것이오."

의장의 말이 맞는지 맹주라 불린 사내 역시 반박은 하지 않았다. 다만, 화제를 전환하며 다시 입을 열었다.

"그래, 앤더슨이 잘못을 해서 축출당한 것 까지는 이해하겠소. 그럼 의장은 유니온의 새로운 총재를 퍼니셔로 하자는 것이오?"

충분히 가질 수 있는 의문이었다. 하지만 의장은 옅은 미소를 지으며 고개를 가로저으며 말했다.

"아니오, 퍼니셔는 앤더슨을 처리하고 다시 사라졌다 하는군요. 새로운 총재는 부총재였던 벤자민을 올리려고 하오."

벤자민이라는 말에 검은 로브를 뒤집어써서 얼굴을 확인 할 수 없는 남자가 입을 열었다.

"벤자민은 아직 마스터급에 오르지 못한 것으로 알고 있습니다만…."

"그랬었죠, 저번 달까지는 말이오. 지금은 어엿한 7서클 마법사가 되었다오. 저번 주에 우리 올림포스로 와서 인증도 받은 사항이요."

의장의 말에 궁금증이 해결되었는지 검은 로브의 사내는 다시 입을 다물었다.

검은 로브와 마찬가지로 의문을 갖고 있던 쿠르타를 입은 중년인도 동의를 표시했다.

"벤자민이 S급이 되었다면야…."

물론 반대하는 의견 또한 있었다. 파라오 가면을 쓴 사람이 대표적인 케이스였다.

"그래도 이제 갓 S급이 된 벤자민에게 유니온을 맡길 수 있겠소?"

"하지만, 지금까지 앤더슨과 함께 유니온을 운영해 왔으니 잘 할 수 있지 않겠소?"

여기저기에서 갑론을박이 펼쳐졌다. 각자의 의견이 다르기 때문에 당연한 상황이라 할 수 있었다.

얼마간의 의견 교환을 지켜보던 의장이 손을 내저어 좌중을 정리하였다.

"대략 이야기들을 나누셨으니, 표결에 붙이겠소. 벤자민이 총재가 되는 것에 찬성하시는 분은 손을 들어주시오."

의장의 말이 끝나자 하나둘씩 손이 올라왔다. 굳이 비밀투표를 하지는 않았다.

결과적으로 8명 중에서 5명의 손이 올라왔다. 거수된 숫자만 본다면 당연히 통과하는 상황이었다. 하지만 상임

위원에게는 거부권이 있었다.

의장은 손을 올리지 않은 사람 중 유일하게 거부권을 가진 무복의 중년인에게 물었다.

"맹주, 이번에도 거부권을 행사할 것이오?"

거부권이라는 말에 맹주는 짙은 눈썹을 한번 찡그리더니 대답했다.

"끙… 거부권까지는 아니오. 딱히 대안이 있는 것도 아니니 말이오. 그런데 이렇게 된다면 전에 앤더슨 때랑 다를 것이 없군. 그 때도 반대는 했지만, 거부권까지 행사한 것은 아니니…."

의장은 다시 맹주를 달래며 말했다.

"맹주 역시 맹주의 입으로 말하지 않았소, 대안이 없다고 말이오. 벤자민이 마스터에 오르지 못했다면 별도의 인물을 선발해야 할 것이고, 각 세력에 속하지 않은 마스터급 인물은 구하기도 힘들 것이오. 오랜 경험이 있고 이제 마스터에도 오른 벤자민을 한번 지켜봅시다 맹주."

"흠… 의장이 그렇게 까지 말한다면야… 알겠소. 의장. 동의하는 것으로 하지요."

"그럼 벤자민의 총재 건은 가결 된 것으로 하겠습니다. 그럼 두 번째 안건으로 넘어갑시다."

두 번째 안건이라는 소리에 깔끔한 검은 정장을 입은 30대 장년인이 의아한 표정으로 물었다.

"두 번째 안건도 있습니까, 의장님?"

"로드라고 다 아는 것은 아니군요. 허허."

"비록 우리 혈족들이 많은 곳에 퍼져 있지만, 마법사들의 정보력을 따를 수 있겠습니까?"

"과한 겸손이시오. 혈족들의 능력을 알고 있는데 말입니다. 다만 이번 안건은 벤자민이 퍼니셔에게 들은 사항에 내용이라 로드가 알기 힘들었을 것이오."

"이번에도 퍼니셔인가요."

"그렇소, 이것도 퍼니셔에게서 나온 정보요. 차원교차에 관한 내용인데…."

의장은 벤자민이 보고한 내용을 토대로 차원교차에 대한 내용을 위원들에게 설명하였다. 의장의 설명이 끝나자 지금까지 가만히 듣고만 있던 은빛 갑옷에 검붉은 망토를 걸친 중년의 백인이 입을 열었다.

"의장님은 이 이야기의 신뢰도를 어느 정도의 수준으로 보십니까?"

"사실 길어야 5년이라는 시간까지는 모르겠으나, 나 역시 마나의 성질이 미묘하게 바뀌고 있는 것에 의아해하는 상황이었기 때문에 차원 교차에 대한 이야기는 꽤나 신뢰성이 있다고 생각하고 있소."

"음…."

"그리고, 퍼니셔가 지적한 대로 최근에 비슷한 마물의

출현빈도가 급격히 높아졌다고 하오. 무수한 차원들 중에서 특정 차원과 연결 빈도가 높아진다는 것은 그 의견을 뒷받침해주는 일이라고 할 수 있겠지요."

의장의 말에 동의 하는지 여기저기서 고개를 끄덕이는 위원들이 많았다. 그런 위원들의 모습을 보며 의장은 말을 이었다.

"또한, 최근 유니온에 가입한 각성자의 숫자가 같은 기간에 대비하여 5배가 넘었소. 우리 올림포스에서도 기존의 마법사들의 역량이 눈에 띄게 상승한 것은 물론이고, 새롭게 마법사가 된 회원들의 숫자도 꽤 늘었소. 다른 곳들 역시 그랬을 것이라 생각하는데… 어떠시오?"

의장이 좌중을 보며 물어보자, 대부분 다시 고개를 끄덕였다. 아무리 위원회의 위원이라고 하지만 각 단체의 수장이기도 한 그들은, 자신들의·단체에 속한 이능력자들의 세부적인 숫자까지는 말해줄 수 없었다.

그러나 의장의 말이 맞다는 표시로 고개를 끄덕이는 것으로 자신의 의견을 보였다.

"역시 다들 비슷한 상황인 것 같구려. 어쨌든 이 차원교차에 대한 말은 상당히 신뢰성을 가지고 있는 것 같소. 문제는 교차된 차원에서 나타나는 마물이겠지. 안 그래도 지금 웜홀의 발현 빈도가 비정상적으로 많다는 것은 다들 인지하고 있으실 것이오."

웜홀의 발현 빈도 이야기에 쿠르타를 입은 중년인이 말을 받았다.

"맞습니다, 의장님. 사실 최근에는 놓치는 웜홀도 있어 유니온의 협조를 얻을까 생각 중입니다."

일본의 경우만 보아도 알 수 있듯이, 보통 위원회의 멤버가 있는 지역에서는 유니온의 세력은 크지 않았다. 관례상 이능세계에 대한 우선권 역시 유니온 보다는 위원회의 멤버가 가져가는 경우가 많았다.

하지만 쿠르타를 입은 중년인은 이런 관례를 무시하고 유니온의 협조를 얻겠다는 이야기를 하는 것이었다.

"허, 그 정도요? 리그베다도 정예 요원들이 꽤나 있는 것으로 알고 있습니다만. 호트리께서 약한 소리를 하시는 것 아니오?"

의장의 말에 호트리는 쑥스럽다는 표정을 지으며 말했다.

"고정 웜홀이야 충분히 지켜내는데 최근 들어 우후죽순처럼 발생하는 랜덤 웜홀까지 완전히 커버하기는 힘든 상황입니다. 아무래도 절대적 면적이 있으니 지금의 인력으로는 다소 버거운 것도 사실입니다. 다만, 의장님 말씀대로 신규로 수행에 나서는 적합자들이 많고, 기존의 수행자들의 실력 또한 빠르게 오르고 있으니 퍼니셔가 말한 5년 안에는 안정권으로 돌아갈 수 있을 듯합니다."

호트리의 말에 파라오 가면이 말을 받았다.

"웜홀의 증가만이 문제가 아니지요. 최근 나타나는 마물들은 E등급 아니 F등급의 마물조차 하루 이상 살아남는 것 같더군요. 과거에는 F등급 같은 마물은 한 시간도 채 버티지 못하고 마나 충돌에 사라져 버렸는데 말입니다."

파라오 가면이 자신의 말을 거드는 것 같자, 호트리는 반색하며 말했다.

"제사장님의 말이 맞습니다. 그게 문제지요. 예전 같으면 저등급 마물이 나오는 이런 랜덤 웜홀은 신경 쓸 필요도 없었는데, 이제는 저등급 마물조차 상당한 시일을 살아남으니 랜덤 웜홀까지 다 챙겨야 해서 더 힘든 것 같습니다."

한 명이 말을 꺼내기 시작하자 몇몇이 동조하며 각자의 어려움을 표했다. 아무래도 약한 모습을 보이기 싫었는데, 먼저 선수를 친 위원이 있다 보니 좀 더 편하게 이야기를 할 수 있는 것 같았다.

한 동안 위원들의 이야기를 듣던 의장이 입을 열었다.

"위원님들의 상황은 잘 알겠습니다. 아무래도 올림포스에서 커버하는 지역의 면적이 좁다보니 이런 상황까지 자세히 알지는 못했군요. 그렇다면 이것이 상황을 개선하는데 상당한 도움을 줄 수 있을 것 같군요."

의장은 말과 동시에 8개의 손바닥만한 구체를 허공에서 꺼내어 각 위원들 앞으로 보냈다. 뜻밖의 물건을 받은 위원들은 의아해 하며 의장에게 물었다.

"의장님, 이게 뭡니까?"

"웜홀 탐색기입니다."

의장의 말에 호트리가 고개를 갸웃거리며 물었다.

"어차피 고정 웜홀은 이런 것 없이도 찾을 수… 아! 랜덤 웜홀도 찾을 수 있는 것입니까?"

"그렇습니다. 고정 웜홀 뿐만 아니라 랜덤 웜홀 역시 출현 세 시간 정도 전에 조기 발견이 가능한 물건입니다. 세 시간이면 웜홀이 출현하기 전에 미리 대기했다가 마물을 잡을 수 있겠지요. 또한 나타난 마물까지도 이 탐색기를 통해서 파악이 가능하기 때문에 출현지에서 놓친다 하더라도 대기팀이나 척살팀이 금방 잡을 수 있을 것입니다."

"허… 이런 것까지 개발하다니 올림포스의 기술력은 정말 대단하네요."

호트리가 감탄하며 한 말에 의장은 쓴 웃음을 지으며 위원들에게 말했다.

"안타깝게도 이것은 올림포스의 기술력은 아닙니다."

"그럼 어디서 이런 물건이?"

"유니온에서 나온 물건이죠. 정확하게 말한다면 이것은 퍼니셔가 제공한 정보를 알려주는 단말기에 불과한 물건입니다."

그랬다. 지금 보여지는 이 탐색기는 유리엘이 만든 마나 위성에서 나오는 정보 중 웜홀에 관한 정보 및 마물에 관한 정보를 수신 할 수 있는 단말기였다.

강민에게 차원교차에 대한 이야기를 들은 벤자민이 가장 우려한 것은 웜홀의 폭증과 웜홀에서 발생한 마물이 장기간 살아남는 문제였다.

특히, 고정 웜홀이야 어느 정도 커버가 되는 상황이지만, 폭증하는 랜덤 웜홀은 수많은 유니온의 멤버로도 다 커버하기는 힘든 상황이었다.

벤자민은 유리엘과 대화 중 이런 사정에 대해서 토로하듯이 말했고, 유리엘이 웜홀의 출현 미리 알 수 있도록 해주겠다는 말로 벤자민을 놀라게 하였다.

그 결과 나온 것이 지금 위원들이 보는 탐색기였다. 원리 자체는 간단하였다. 마나위성을 통해서 알 수 있는 수많은 정보 중에서 웜홀에 관한 사항과 마물에 관한 사항을 별도의 마나파장으로 수신할 수 있는 마나 술식을 부여한 것뿐이었다.

유리엘은 친절히 양산화가 가능하도록 이 세계의 마나 술식으로 재구성하여 벤자민에게 알려주었고, 벤자민은 유리엘의 동의를 얻어서 위원회에도 이 탐색기를 제공한 것이었다.

의장의 간단한 설명을 들은 위원들은 한 번 더 탐색기를 보며 감탄의 표정을 지었다. 위원들의 표정을 본 의장은 탐색기의 사용법에 대해서 간단히 설명을 하였다.

사용법은 별 것 없었다. 지구본 형태의 홀로그램을 움직여 자신이 보려고 하는 지역으로 확대시키면 끝이었다.

고정웜홀을 푸른색의 원으로 표시되었는데 이것이 활성화 될 때는 점차 붉은 색으로 색이 변한다고 하였다. 또한 랜덤 웜홀의 경우에는 처음에는 옅은 분홍색으로 모습을 드러냈다가 완전히 붉은 색으로 변하게 된다면 웜홀이 열리는 것이라고 하였다.

위원들은 한참 동안 시연을 해보았다. 그 중 파라오 가면을 쓴 제사장이 문득 고개를 들어 의장에게 물었다.

"의장님, 혹시 쇼군 때의 인식장애마법은 해제하셨습니까?"

제사장의 질문에 의장은 다시금 쓴 웃음을 지으며 말했다.

"아쉽게도 아직이오. 물론 그것을 연구하면서 내부적으로는 많은 성과가 있었지만, 결과적으로 아직 해제하지 못했음은 자명한 사실이지요. 퍼너서의 그 말처럼 하늘 밖에 하늘이 있음을 절감했소이다. 이 탐색기 역시 어떠한 원리를 통해서 웜홀의 출현을 미리 알 수 있는지 본인의 능력으로는 파악하기 힘들다는 것을 인정할 수밖에 없군요."

의장의 한탄 섞인 말에 위원회의 분위기가 순간 숙연해졌다. 이능세계를 장악하고 있다고 자부하고 있는 위원회의 위원들이었고, 그 중에서도 위원회의 의장은 다른 상임위원들과 함께 독보적인 존재였다.

특히, 마법에 관해서는 모르는 것이 없다고 하는 이 의장이 파악하기 힘든 마법을 쓴다는 것은 퍼니셔가 정녕 하늘 밖의 하늘이라는 것을 인정하지 않을 수 없게 하였다.

이런 분위기에 힘입어 당연한 제의가 제사장에게서 나왔다.

"이런 것까지 유니온에 제공한다는 것은 퍼니셔가 유니온이나 우리 위원회와 함께 할 수 있다는 이야기 아닐까요? 물론 쇼군의 일로 처음부터 좋은 사이는 아니었습니다만, 이런 정보와 기술을 전해주는 것을 보니 화해의 제스쳐라고 봐도 무방하지 않겠습니까? 그리고 어차피 자리도 비어 있는데 퍼니셔를 위원회의 위원으로 끌어들이는 것은 어떻겠습니까?"

제사장은 적극적인 모습으로 퍼니셔를 위원회의 일원으로 받아들이고자 하였다. 아무래도 웜홀 탐색기를 무상으로 제공한 퍼니셔에 상당한 호감을 가진 것 같았다.

그런 제사장의 모습에 의장은 이런 말이 나올 줄 알았다는 듯 냉큼 대답하였다.

"물론 저도 그런 생각을 하지 않은 것은 아닙니다. 하지만 퍼니셔는 전면에 드러날 생각이 전혀 없다고 하는군요. 필요한 경우에만 이렇게 유니온을 통해서 자신의 의견을 전달하겠다고 합니다."

"혹시 의장님은 퍼니셔의 정체를 알고 계십니까?"

"아닙니다. 다만 이번에 총재가 되는 벤자민은 퍼니셔의 정체를 알고 있는 듯 보였으나, 밝힐 수 없다고 하더군요."

"밝힐 수가 없다니요?"

"벤자민이 전한 퍼니셔의 전언에 따르면 그의 정체를 밝히려고 함부로 접근한다면 다시 한 번 하늘 밖에 하늘이 있음을 알려 주겠다고 말했다고 하는군요."

하늘 밖에 하늘이 있다는 말은 과거 헤이안을 쇼군을 처리할 때 썼던 말이었다. 즉, 접근한다면 죽음으로 응징한다는 협박이나 다름없는 말이었다.

건방지다라는 생각이 순간적으로 들었지만 아무도 섣불리 그런 말을 꺼내지는 않았다. 이능계를 지배한다고 자부하는 위원회의 멤버들이었으나, 쇼군을 한순간에 척살하고 원리도 알기 힘든 웜홀 탐색기 만든 퍼니셔의 능력을 생각하니 자신있게 상대할 수 있다는 생각이 들지 않았기 때문이었다.

물론 이것은 비상임위원의 이야기였고 상임위원의 생각

은 달랐다. 하지만 그들은 그런 생각을 내색하지는 않았
다.

의장은 분위기를 환기하기 위해서 손을 내저으며 말했
다.

"어쨌든 퍼니셔의 도움으로 앞으로 웜홀에 대한 대비는
좀 더 확실히 할 수 있겠군요. 다만, 이제 장기적으로 볼
필요가 있을 것 같습니다."

정장차림의 30대 백인이 장기적이라는 의장의 말에 의
아해 하며 질문을 던졌다.

"장기적이라니 무슨 말씀입니까?"

"비록 퍼니셔의 도움으로 웜홀의 출현을 알 수 있게 되
었기는 하지만 그의 말대로 라면 이제 늦어도 5년 후면 마
나장이 통합된다고 하지 않았소. 그렇게 된다면 더 이상
마나 충돌은 없겠지요. 마나 충돌이 없다는 말은 이제 마
물들이 자연 소멸하지는 않는다는 이야기로 이어질 것입
니다. 그러니까 행여 놓치는 웜홀이 있다면 마물이 일반
인에게 피해를 주는 일도 발생할 것이고, 언제가 될지 모
르는 차원장까지 통합된다면 이제 이능세계에 대해서 일
반인에게 감추는 것이 아무런 의미가 없는 일이 되겠지
요."

의장과 정장 남자와의 이야기를 끊으며 성격 급한 맹주
가 말을 꺼냈다.

"당연한 이야기는 그만하고 그래서 어떻게 하자는 것이오?"

"참 성격 급하시오. 결론적으로 지금까지는 철저하게 감춰왔던 이능세계에 대한 노출을 늘려야겠소. 즉, 차원교차가 발생했을 때를 대비하여 지금부터라도 천천히 일반인들에게 웜홀과 마물, 그리고 이능세계에 대해서 알려야한다는 이야기입니다. 그래야 일반인들의 소요를 최대한 막을 수 있을 것 같소."

의장의 말이 끝나자 검은 로브를 둘러쓴 남자가 입을 열었다.

"음… 굳이 일반인들을 그렇게까지 배려해야합니까? 본격적으로 타차원과 대립이 생기면 어차피 살아남기도 힘든 자들인데 말입니다. 그리고 타차원의 침공이 생기면 우리 이능계가 일반인을 통제해야 할 것이고 힘도 없는 그들은 우리 말을 들을 수밖에 없을 텐데요."

"그건 하나만 알고 둘은 모르는 이야기요. 애초에 왜 우리가 위원회를 만들었소? 어차피 우리 이능계는 일반세계를 기반으로 하고 있지 않소. 암중지배를 한다면 모를까 직접통제에 나선다면 분명 그에 불만을 품는 사람들이 나올 것이고, 결과적으로 그들과 대립관계가 된다면 지금의 문명을 유지하기는 쉽지 않을 것이오. 실제로 이렇게 폭발적인 문명의 성장은 우리 이능세계보다는 일반인들이 이끌었다고 할 수 있지 않소?"

의장의 말에도 검은 로브 남자가 납득하지 못했는지 다시금 질문을 던졌다.

"그렇지만 그것은 평상시의 이야기이고, 지금처럼 외부의 적이 있는 상황이라면 자연스럽게 직접통제에 나서도 되지 않겠습니까?"

충분히 합리적인 의문이었다. 고래(古來)로 내부의 단합을 위해서 외부의 적을 이용하는 것은 비일비재한 일이었다. 하지만 의장의 추가적인 답변을 듣고 나니 납득이 되었다.

"물론 그런 생각을 하실 수 있소, 하지만 이것도 생각해 보시오. 퍼니셔의 말에 따르면 마나장이 통합되면 지금처럼 드물게 마나적합자나 각성자가 나오는 것이 아니라 폭발적으로 어쩌면 인류의 반 이상이 각성할 지도 모른다 하지 않소. 지금도 그런 조짐이 보이고 있고 말이오. 그런데 만일 우리가 그들에게 강압적인 정책을 펼친다면 일반인에서 새로이 이능력자가 되는 사람들이 우리 위원회를 적대할 수도 있을 것이오. 외부의 적이 있는 상황에서 내부의 조력자가 될 수 있는 자들과 적대관계가 될 필요는 없지 않소?"

"그렇군요. 제가 생각이 짧았군요."

검은 로브가 자신의 말을 알아듣자 의장은 미소를 지으며 회의를 마무리 지으려 하였다.

"다른 반대의견이 없으시다면 유니온에 지시하여 일반 세계에 천천히 이능에 대해서 알리도록 하겠습니다. 그리고 지배세력들에게도 적극적으로 개입하여 이능력 세계에 대한 우호적인 분위기를 형성하도록 하지요. 그래야 나중에 우리가 신규로 각성하는 인재들을 확보하기가 쉬울테니 말입니다. 오늘 회의는 여기서… 음? 로드 할 말이 남았습니까?"

회의를 마친다는 의장의 말에 검은 정장의 중년인이 손을 들어 발언권을 얻었다.

"네, 일반세계에 우리 이능계를 알린다는 것까지는 동의합니다. 그런데 카오틱에빌들은 어쩌실 생각입니까? 그레이울프는 몰라도 카오틱에빌은 처리해야하지 않겠습니까? 어차피 일반인들은 우리나 그레이울프나 카오틱에빌을 구분하지 못할 것이고, 카오틱에빌들이 악행을 저지른다면 이능력자 자체에 대한 악감정이 생길텐데요. 그렇게 된다면 결국 의장님의 최초 생각을 이루기 힘드실 것 같습니다만."

간과하고 있었는지 의장은 탐스러운 흰수염을 쓰다듬으며 잠시 생각에 잠겼다.

다른 위원들도 로드의 말에 동의하였는지 잠시간의 침묵이 회의장에 흘렀다.

"옳으신 말씀 같소, 그럼 이렇게 합시다. 지금까지는 일반세계에 심각한 악행을 하는 경우에만 징치하였지만, 마나장이 통합될 때까지 즉, 향후 5년간 최대한 카오틱에빌의 뿌리를 뽑도록 말이오. 어차피 힘을 과시하거나 남용하려는 모든 카오틱 에빌을 없애버릴 수는 없을 테지만, 소수가 나서보았자 힘을 쓰기는 힘들 것입니다. 그러니 일단은 단체를 이룬 카오틱에빌을 타겟으로 하여 정리해보지요. 그리고 장기적으로는 어차피 각국 정부에서도 이능력자를 육성할테니 소수의 카오틱 에빌들은 그들이 충분히 제어할 수 있을 것입니다."

의장의 말에 동의했는지 로드가 고개를 끄덕였다. 그런 로드의 모습을 보며 의장이 한 번 더 강조하며 말했다.

"로드 역시 그때까지는 벨리알과의 관계를 확실히 정리해서 처리하셔야 할 것이오."

벨리알이라는 말에 로드는 다소 표정을 굳히며 대답하였다.

"알겠습니다. 의장님."

이제 다른 의견이 없어 보이자 의장은 다시 회의 종결을 이야기하였다.

"다른 의견이 없으시다면 오늘 회의는 여기서 마치도록 하겠습니다."

회의가 종결되면서 모든 위원들의 모습은 등장했던 것처럼 사라졌다. 테이블에 공간이동의 술식이 부여되어 있는지 웜홀 탐색기 역시 사라졌다.

　모든 의원들이 한 명씩 사라지는 것을 지켜보던 의장은, 지금까지 한마디도 하지 않은 흰색 도포를 입은 70대 노인의 얼굴이 눈에 띄게 굳어 있는 것을 확인하고 의아한 생각이 들었다.

　'응? 백가주의 얼굴이 이렇게 굳은 적이 있었던가? 무슨 일이라도 있는건가?'

現世 5
歸還錄

4장. 공개

NEO MODERN FANTASY STORY & ADVENTURE

# 현세귀환록

現世
歸還錄

## 4장. 공개

　"강서영 이사장님. 이제 취임하신지 1년 정도가 지나셨
는데 KM 재단의 파격적인 움직임에 대해서 국민들이 많
이 놀라고 있습니다. 주변에서는 파격적이라고 하는데 이
사장님 본인 생각은 어떠십니까?"

　"파격적이라… 사실 저는 다른 곳에서 어떤 식으로 재
단이 운영되는지 까지는 알 수 없어서 우리 KM 재단의 움
직임이 파격적이냐 아니냐고 물으신다면 대답하기가 좀
곤란해요. 다만, 제 짧은 생각에는 만약 그렇게 보인다면
그것은 우리 재단과 다른 재단들과의 자금 조달 방식에서
차이가 나서라고 생각합니다."

　"자금 조달 방식이라면…?"

"우리 KM 재단은 KM 그룹 지주에서 발생하는 수익의 5할 이상이 매년 적립금으로 들어오거든요. 그리고 필요하다면 회장님께서 별도의 개인 자산을 출연해주시기로 하였으니 사업을 진행함에 있어 자금 조달에 어려움을 겪을 일은 없습니다. 아무래도 타 재단에 비해서 자금력이 풍부한 편이죠. 그래서 하고 싶은 사업은 자금과 관계없이 진행하다 보니 파격적이라는 평가를 얻고 있는 것 같아요."

지금 강서영은 지상파 3사중 하나인 KBS에서 진행하는 대담에 출연하고 있었다. 과거 기자출신인 유명 아나운서인 석진일이 진행하는 대담 프로그램으로, 사회의 유명 인사들을 불러와서 개인의 생각이나 삶 등의 대해서 이야기하는 프로그램이었다.

대담 프로그램인지라 그렇게 시청률이 높게 나오는 프로그램은 아니었지만, 촌철살인의 석진일의 질문이 날카로워서인지 방송 후에는 항상 관련 기사가 쏟아져 나오는 등 영향력이 있는 프로그램이었다.

사실 예전에 강서영은 이런 인터뷰나 대담을 하는 것에 대해서 좀 꺼리는 마음이 있었다.

괜히 얼굴이 팔리는 것 같고, 혹시 사람들이 알아보면 불편할 것 같다는 생각을 했기 때문이었다.

또한 그녀 개인에 대한 질문이라기보다는 강민에 대해

서 알고 싶어 하는 질문이 더 많았기에 그녀가 할 수 있는 대답이 한정적이었다.

하지만 KM 재단의 이사장에 오르고 나서는 마음이 달라졌다. KM 재단뿐만 아니라 많은 복지 재단에서 많은 좋은 일을 하고 있었는데, 정작 그 도움이 필요한 사람들이 그런 내용을 모르고 있는 경우가 많았기 때문이었다.

그래서 강서영은 언론 접촉을 크게 늘렸다. 언론 역시 혜성같이 나타난 KM 그룹 회장의 동생인 강서영은 좋은 기사거리였다.

더군다나 십수조 규모의 국내 최대, 세계에서도 손가락 안에 꼽히는 엄청난 복지 재단을 운영하는 사람이 이십대 중반의 젊은 여성이라는 것은 웬만한 연예인들 보다 더 큰 관심을 불러일으킬 수 있는 사건이었다.

이렇게 언론사와 강서영의 가진 생각이 맞아 떨어졌기에 그녀가 취임 한지 1년 정도 밖에 되지 않았지만 벌써 10여 차례가 넘는 신문, 잡지, 방송 인터뷰를 진행하였다.

물론 강서영이 이사장을 하기 전 유리엘 역시 비슷한 조건으로 이사장을 역임하였고, 외모 역시 연예인들을 능가하는 외모였기에 언론에서 크게 관심을 가졌으나 유리엘 스스로가 언론 접촉에는 전혀 관심이 없었다.

그리고 그녀는 재단의 운영 역시 중요한 사항만을 체크

하였을 뿐, 대부분의 시간을 마나 위성을 만드는 데 사용하였기 때문에 재단 자체에 대한 이슈도 별로 없는 상황이었다.

하지만 강서영은 재단의 이사장에 취임한 이후 여태껏 그녀가 생각만 해왔던 많은 복지사업들을 실제로 시행하였다.

취임한지 1년 정도밖에 되지 않아서 아직은 완전히 시행되어 정착된 사업은 적었으나, 그 청사진만으로도 시민들과 언론의 관심이 뜨거웠다.

강서영의 대답에 앵커가 묻고 싶어 했던 내용을 잡은 듯이어서 질문을 던졌다.

"그 부분도 많은 분들이 궁금해 하는 부분 중의 하나인 것 같습니다. 많은 회사, 아니 모든 회사라고 해도 과언은 아니겠지요. 모든 회사에서는 수익을 최우선적으로 추구하고 수익을 적립하여 재투자를 하는데 반해, KM 그룹에서는 이렇게 수익금의 반 이상을 재단에 기부를 하고 있습니다. 이 때문에 향후 사업을 추진하는 동력이 약해 질 수 있다 우려 섞인 시각도 있는데요. 이에 대해서는 어떻게 생각하십니까?"

"그것은 KM 재단 이사장인 제가 답변할 수 있는 내용은 아닌 것 같아요. KM 그룹의 회장님께 직접 여쭤봐야 하는 사항이 아닐까요?"

"그렇지요. 하지만 아무래도 친동생인 이사장님은 회장님의 의중을 좀 아실 것 같아서 질문 드립니다."

"음… 회장님의 생각이 정확하게 어떤 것인지는 제가 속단해서 말씀드릴 수는 없으니, 제 생각만을 말씀드리겠습니다."

"하하. 그거면 충분합니다."

"사실 지금 대기업들이 사내 유보금을 쌓아놓은 돈이 작년 말을 기준으로 600조원이 넘는다고 합니다. 결국 돈을 쌓아만 두고 있다는 것이지요. 이런 상황에서 유보금을 줄이고 기부를 통해 사회에 그 돈이 다시 환원될 수 있도록 하는 것은 바람직한 방향 아닐까요?"

"그렇지만, 대기업들은 훗날 사업 참여에 적합한 상황이 왔을 때 적극적으로 자금을 투입하기 위해서 시기를 보는 것이라고 주장하는 합니다만."

"물론 나중에 사업을 추진하기 위해서 적립하고 있다는 말씀도 하시지만, 실제 연구 개발이나 시설 확대 등의 적극적인 사업으로 자금이 사용되는 경우는 드물다고 하더군요. 대부분은 부동산 등에 투자해서 땅값을 올리는 경우가 많다고 하는데… 아. 이건 제 개인적인 의견입니다."

말을 잇던 강서영은 문득 말이 공격적으로 들릴 수 있다는 생각에 말을 끊었다. 하지만 생방송으로 이어지는 대담

이라 이미 가감 없이 그녀의 말이 각 가정으로 전달되고
말았다.

석진일은 그녀의 말에서 좋은 이야기 거리를 잡았다는
듯 계속 질문을 던졌다.

"부동산 투자라고 해서 하는 드리는 말씀인데, 최근
KM 재단에서 서울 인근 경기도에 700만평 규모의 토지
를 구매한 사실이 있지 않습니까. 명목은 보육시설의 설치
라는 말이 있던데, 그 정도 규모의 토지가 필요할까요?
700만평이라면 어마어마한 규모가 아닙니까? 이런 부지
에 보육시설이라니 상식적으로 이해하기가 힘든데… 결국
아까 전 이사장님이 말했던 다른 대기업들의 땅 투기와 비
슷한 상황 아닙니까?"

석진일의 질문에 강서영이 지금까지의 온화했던 표정을
다소 굳히며 날카롭게 말을 이었다.

"보육시설의 설치라는 것을 아신다면, 계획의 마스터플
랜도 아실텐데 이렇게 말씀하시다니 재단의 의도를 오해
하시는 건지, 역량을 낮추어 보시는 것인지 의문스럽네
요."

지금 강서영이 이야기 하는 것은 저번 달에 발표한 10만
명 이상이 수용 가능한 700만평 규모의 보육시설의 설치
에 관한 건이었다.

이곳은 단순 보육시설이 아니라 그 보육원에서 유치원

부터, 초, 중, 고등학교, 심지어는 대학교까지 다 소화가 가능한 작은 교육도시를 건설하는 것이나 마찬가지의 대규모 사업이었다.

사회에서 버림받은 아이들이 다시 사회에 진출 할 때 까지 모든 것을 다 해준다는 취지였다. 토목 공사와 상부시설의 건설만하더라도 5조원 이상 규모의 사업으로 가히 국가적인 사업이라고 할 수 있었다.

문제는 이 정도규모의 자금을 투입하는 사업치고는 기대수익이 전혀 없다는 것이었다.

KM 재단에서는 크게 복지, 장학 및 의료 세 분야에서 집중하여 사업을 운용하고 있었다. 그 중 의료 재단이야 수익성을 추구하는 것은 아니라도 최소한의 운영은 가능한 수익구조가 나오지만, 이런 보육 사업은 이야기가 달랐다.

학비를 받거나 지원금을 받는 것이 아니라면 밑 빠진 독에 물 붓는 행동이나 마찬가지이기 때문에 기업에서 이런 보육사업을 하는 경우는 극히 드물었다.

대부분은 기금을 조성하여 기금에서 나오는 이자를 매년 쪼개어 장학금을 지급하는 형식의 장학사업을 추진하는 경우가 많았다.

물론 마스터플랜 상 고등학교까지는 무상지원이고 대학교는 학자금 대출의 형태로 진행되어 향후 사회 진출하여 월급을 수령할 때 갚아나가는 등의 디테일은 있지만, 기본적으로 KM재단에서 내세운 청사진에서는 버림받은 유아나 아동에 대해서 영유아 때부터 고등학교 때까지는 모든 것이 무상이었다.

의식주부터 여가 활동까지 모든 것을 무료로 제공해 준다는 것이 이번 KM 복지재단의 마스터 플랜이었다.

지금 석진일은 이것의 진위를 묻고 있는 것이었다. 보육시설은 명목상의 이야기이고 KM에서 진정 노리는 것은 그 명목을 토대로 부동산 투기를 하는 것이 아니냐는 질문이었다.

하지만 지금껏 부드럽게 대응하던 강서영이 공격적으로 나오는 것에 뜨끔한 것인지 석진일 역시 한발 물러서며 이야기 하였다.

"아. 제가 그렇다는 것이 아니라 그런 시각이 있다는 것입니다. 물론 저도 마스터플랜은 보았지만, 사실 일반적인 시선에서 보면 그 계획은 기업에서 할 수 있는 사업이 아니지 않습니까? 국가에서 진행한다 하더라도 재원 조달 등의 문제로 힘든 사업이다 보니 그런 말이 나오는 것 같습니다."

"물론 저희도 우려 섞인 시선은 잘 알고 있습니다. 하지만 벌써 토목공사도 마무리 작업 중이고 이제 상부시설을 올릴 계획입니다. 우선 영유아 시설부터 건설하기로 하였으니 빠르면 내년 정도면 1천명 정도의 버림받은 영유아는 저희 기관에서 수용이 가능 할 것입니다. 향후에는 점점 규모를 늘려 1만명 정도까지도 받을 생각이구요."

"정말 대단하고 대담한 계획이네요. 부디 KM 재단에서 처음 생각한 계획대로 되길 저 역시도 바랍니다. 오늘 대담은 여기에서 마치겠습니다."

대담을 마치고 스튜디오를 벗어나자 깔끔한 정장차림으로 서있는 정시아가 있었다.

"수고하셨습니다. 이사장님."

"에이, 둘이 있을 때는 편하게 말하라니까."

강서영의 말에 정시아는 웃으며 그녀에게 말했다.

"네, 언니. 근데, 방송하시는 거 보니 완전 멋져요. 말도 매끄럽게 잘하시구요."

"그래? 그래도 지금은 좀 익숙해져서 괜찮은데 처음에는 무지 떨었잖아. 호호."

강서영이 KM 재단의 이사장으로 취임한 이후 정시아가 그녀의 비서 겸 경호를 맡기 위해서 함께 하고 있었다.

이는 강민의 지시라기보다는 정시아의 요청에 따라 이루어진 일이었다. 몇 년 전에 이미 A+급에 오른 정시아는 이후 지속적으로 수련을 하였지만 가시적인 성과는 크게 없었다.

매너리즘에 빠진 것인지 단순 수련의 반복으로는 S급에

도달하는 것은 힘들다는 생각이 그녀 스스로 들 때쯤, 정시아는 최강훈이 KM 가드의 이사로 갔다는 이야기를 들었다.

그 소식은 들은 정시아는 자신도 KM 그룹에서 일을 하고 싶다고 강민에게 말을 하였다. 표면적인 이유로는 최강훈도 일을 하는데 자신도 일을 하고 싶다는 것이었고, 실제 이유는 매너리즘에 빠진 수련에서 잠시 벗어나 일상생활을 하면서 객관적인 입장에서 다시금 수련에 대한 감을 잡기 위해서였다.

강민 역시 그녀의 그런 바람을 읽고 강서영이 KM 재단의 이사장으로 갈 때 정시아를 그녀 옆에 붙어 준 것이었다.

이후 약간의 시행착오는 있었지만 기본적으로 타인의 분위기를 잘 읽는 정시아는 빠르게 비서 업무에 익숙해져 갔고, 지금은 큰 어려움 없이 비서직을 수행하고 있었다.

사실 비서 업무라는 것이 모시는 사람의 성향에 따라서 업무 난이도의 고하(高下)가 정해지는 것인데, 그런 점에서 강서영은 매우 모시기 쉬운 상사였기 때문에 그녀를 수행하는 비서업무 역시 매우 쉬운 일이라 할 수 있었다.

그렇기 때문에 정시아가 비서업무를 하는 것에는 별 다른 어려움은 없었다.

강서영 일행이 방송국 건물을 벗어나서 주차장에 대기

하고 있던 차량에 탑승하자, 강서영이 정시아에게 물었다.

"근데 시아야, 다음 일정은 뭐야?"

이제는 비서 업무도 제법 익숙해졌는지, 앞자리에 앉은 정시아는 수첩을 열어서 강서영의 다음 일정을 살폈다.

"KM 드림시티 건설 현장 방문이 있어요."

KM 드림시티는 아까 대담에서 강서영이 말한 보육 사업의 프로젝트 명이었다. 가히 자그마한 도시라고 할 만한 공간이 건설되기에 시티라는 이름을 붙인 것이었다.

"아, 그렇지. 근데 공정률은 얼마나 되었다고 해?"

"아까 언니가 대담에서 이야기한 것처럼 토목 공사는 거의 끝났대요. 유리 언니가 설계도면대로 지반을 한 번 다듬어주셔서 토목공사는 별 문제가 없었구요. 이제 바로 상부시설 건축공사에 들어가면 된다고 하더라구요."

"그렇구나. 아무래도 상부시설까지 마법으로 한 번에 올리는 건 좀 그렇지?"

"네, 유리 언니라면 충분히 가능할 테지만, 아무래도 주위 시선이 있으니까요. 토목공사야 사람들이 잘 모르니 마법으로 시행해도 괜찮겠지만, 건물 같은 걸 마법으로 올린다면 너무 표시가 나잖아요."

이제는 강서영 역시 이능세계에 대해서 상당한 지식을 갖추고 있었다. 강민과 유리엘을 제외하고라도, 주위에 최강훈과 정시아, 그리고 한수강과 유키까지 많은 이능력자

가 있었고 강민 역시 더 이상 그녀에게 감추려고 하지 않
았다.

그래서 그녀가 알고자하는 한 자세한 내용을 설명해 주
었고, 지금은 그녀 역시 유리엘에게 마법을 배우고 있었
다.

다만, 열의를 갖고 전력으로 노력하는 수준은 아니었고,
단지 호기심의 해소 차원으로 가볍게 배우고 있는 상황이
었다. 그녀 스스로도 자신의 역량을 파악하고 있었기에 마
법을 배우는 것에 큰 욕심을 내지 않아서 진전은 빠르지
않았다.

그렇다 해도 몇 년간 마나 집적진으로 마나가 쌓여 있었
기에, 큰 노력 없이도 1년만에 1서클을 마스터하고 2서클
에 입문한 상태였다.

강서영과 정시아를 태운 차량이 서울을 벗어나 경기도
로 진입하였다. 30여분 정도만 더 이동하면 건설현장이
나올 것이었다.

대규모의 토지를 매입하여 사업을 진행하는 터라 사업
현장까지는 인적이 드문 길을 한참이나 달려가야 하였다.

그리 좋지 않은 노면에도 고급 세단 차량임을 알려주기
라도 하는 듯 큰 흔들림 없이 부드러운 주행이 이어지고
있었다.

삐~삐~삐~

현장까지 얼마 남지 않은 상황에서 갑자기 차량에 설치된 네비게이션에서 경고음이 울리면서 안내음성이 나왔다.

"반경 3km 안에 웜홀이 발현될 예정입니다. 주의하시기 바랍니다. 발현까지 예상되는 시간은 20분이고 오차범위는 5분입니다. 다시 한 번 알려드립니다…."

네비게이션은 경고멘트를 연달아 내면서 운전기사가 경고창을 닫을 때까지 지속적인 경고음을 울렸다.

네비게이션의 경고에 휴대전화를 꺼내든 정시아는 익숙한 듯 어플을 작동시켜 웜홀에 대한 정보를 알아보더니 강서영에게 말했다.

"언니, 앞 쪽에 웜홀이 뜨려나봐요."

"그래? 이야기로만 들었지 웜홀 발현은 처음 보네. 신기하다. 등급은 뭐야?"

"C급 정도라네요. 어때요? 구경 해볼래요?"

"구경? 내가 구경해도 될까? 위험하지 않을까? 마물은 위험하다던데…."

강서영이 아는 마물이라고는 뉴스나 다큐 등 티비에서 본 것이 전부였다. 그리고 티비에서는 그런 마물들을 극도로 위험한 존재로 나타내고 있었기에 마물을 본다는 것에 두려움을 느끼고 있었다.

그녀 주변에는 가히 괴물이라고 할만한 능력자들이 즐

비하여 있지만, 강서영이 직접 체감할 수 있는 일이 드물었기에 일반인에 가까운 그녀로서는 당연한 반응이었다.

"호호. 위험하긴요. C급이면 저 혼자도 충분히 잡는 걸요. 뭐."

"그래? 그럼 한 번 가보자. 매번 티비에서 나올 때마다 궁금했거든. 실제로 어떤지 말이야."

"그래요. 언니. 들었지, 마일즈? 웜홀 쪽으로 가자."

"네, 실장님."

강서영의 차량은 운전하는 기사 역시 이능력자였다. 정확하게 말하자면 과거 정시아의 클랜원이었고 현재는 KM 가드 스페셜팀의 멤버 중의 한 명이었다.

다만 과거의 관계와 상관없이 지금은 강서영의 운전기사였고, 정시아가 강서영의 비서실장이었기에 그녀에게 실장이라는 호칭을 사용하였다.

6개월 전 유엔에서는 엄청난 이야기를 세상에 공개하였다. 웜홀의 존재와 타차원에서 발현하는 마물의 존재에 대해서 밝힌 것이었다. 단지 그 존재만 밝혔다면 일반세상에는 패닉이 일어났을 것이기에 그 마물을 막을 수 있는 이능에 대한 정보도 일부 공개하였다.

정보 공개의 루트는 유엔이었지만, 실상은 유니온에서 정보를 공개한 것이었다. 그리고 유니온은 단순히 정보만을 공개하지는 않았다.

유니온에서는 현재 급증하는 각성자와 마나적합자를 잡기 위해서 정보공개와 동시에 이능에 대한 자질이 생겼는지 판단하고 싶다면 각 국의 유니온 지부를 찾으면 이능력자로서의 자질을 테스트 해준다고까지 하였다.

　일반세계에 대한 경고와 잠재력 있는 이능력자 모집의 두 가지 토끼를 한 번에 잡고자 한 것이었다.

　이 이야기가 알려지면서 일반세계에는 큰 혼란이 있었다. 이능력자들이 일반인들을 지켜준다고는 하지만 지금까지 지구를 지배하고 있는 인류를 위협할 수 있는 존재들이 나타난다는 것은 보통 일은 아니기 때문이었다. 일부 사이비 종교에서는 종말에 대한 이야기도 빈번하게 나왔다.

　하지만, 각국의 정부는 사전에 유엔과 유니온에서 들은 이야기가 있었기에 그 혼란을 빠른 속도로 잠재웠다. 어차피 사회의 최고위 지배층에서는 이미 이능에 대한 정보가 있었기에 그 혼란의 여파는 적을 수밖에 없었다.

　더군다나 유니온에서 웜홀에 대한 알림 어플을 공개하여 모두가 웜홀의 발현 정보를 알 수 있게 하였다.

　유니온은 어플에 관한 소스코드까지 모두 공개하고 비상업적으로 쓴다면 얼마든지 사용가능하도록 하였기 때문에 어플 공개 한 달도 채 되지 않아서 웬만한 휴대전화나 네비게이션 등에는 모두 웜홀 알림 어플이 기본으로 들어갔다.

즉, 일반인들은 마물을 피하고자 한다면 얼마든지 피할 수 있게 된 것이었다.

또한, 유니온에서는 마물에 대한 두려움을 희석시키기 위하여 이능력자들이 마물들을 처리하는 영상을 적극적으로 공개하였다.

이로서 일반사람들에게 웜홀 및 마물 출현에 따른 위험이 거의 사라졌다. 그래서 일반인들의 소요는 사라졌고, 그들은 이런 마물과 이능에 대해서 마치 다른 세상의 일처럼 여길 수 있게 된 것이었다.

웜홀에 대한 정보는 일반세계에만 영향을 준 것은 아니었다. 이능의 세계에도 큰 영향을 주었다.

마물의 사체는 큰돈이 되었다. C급 마물만 해도 최소 10억이상의 가치가 있었고 D급의 마물은 1억 가량 E급만 해도 천만원 이상의 가치는 있었다.

하지만 이런 고가의 마물 사체에도 불구하고 지금까지는 마물 사냥을 하는 것은 무척 힘들었다. 마물을 상대할 능력의 문제가 아니라 마물을 발견하기가 힘들었기 때문이었다.

고정 웜홀에서는 다소 빈번하게 마물이 출현하였지만, 그 고정웜홀은 대부분 이능 집단에서 소유하고 있는 경우가 많아서 일반 이능력자들이 접근하기는 무척 힘들었다.

그렇다고 랜덤 웜홀을 찾아다닐 수는 없었다. 랜덤 웜홀은 언제 어디서 발현되는지 미리 파악하는 것이 거의 불가능했기 때문이었다. 최근에는 랜덤 웜홀의 등장 빈도가 무척 높아지기는 하였지만 그래도 그것을 찾는 것은 힘들었다.

하지만 웜홀 알람 어플이 등장하며 상황은 바뀌었다. 일반인용 어플에는 단지 웜홀 발현에 대한 경고 및 발현까지의 시간만 나타날 뿐이었지만, 유니온의 멤버용 어플에는 웜홀의 등급까지도 표시되고 발현 장소 역시 좀 더 구체적으로 나타났다.

더 이상 고정 웜홀에만 초점을 맞출 필요는 없었다. 랜덤 웜홀만 찾아다녀도 얼마든지 사냥이 가능했기 때문이었다.

더군다나 마물의 양 뿐만이 아니라 마나 충돌이 적어지면서 마물 사체의 질 또한 무척 좋아졌다. 마물 사체에 남는 마나의 양이 무척 많아졌던 것이었다.

물론 마나의 양이 많아졌다는 이야기는 마물의 능력이 커졌다는 이야기와 상통하는 의미였다. 그래서 예전에는 C등급 능력자면 C등급 마물을 잡는 것에 그리 큰 어려움을 겪지 않았지만 지금은 같은 등급을 혼자서 잡기는 힘들게 되었다.

C등급 마물을 잡으려면 최소 서너 명의 C등급 능력자가

필요했고, 혼자서 잡으려면 B등급이나 B+등급은 되어야 할 정도로 마물의 능력이 올라갔다.

이렇게 마물 사체의 공급이 급격히 늘어나면서 수요와 공급 법칙에 의해 사체의 가격이 떨어져야 했지만, 사체의 질이 오르면서 과거의 가격이 유지가 되었다.

어차피 마나 무구를 만들기 위해서는 마물의 사체나 마정석이 필요했고 최근 이능력자가 폭증하면서 마나 무구의 수요 역시 급격히 늘어났기에 마물 사체 가격은 오히려 다소 오르기 까지 하였다.

유니온 역시 이런 마물 사냥을 적극 권장하였다. 어차피 기존의 세력들로 전체 웜홀을 커버할 수가 없었다. 급증하는 웜홀을 모두 잡아내기 위해서는 유니온에 속해 있지 않는 그레이 울프나 신규로 각성하는 이능력자들을 활용할 필요가 있었다.

그래서 유니온에서 마물 사체를 적극적으로 매입하며 그들이 마물 사냥꾼이 되도록 하였다. 유니온에 등록만 한다면 모두 유니온 멤버용 어플을 사용할 수 있게 하여 진입장벽 또한 크게 낮추었다.

유니온에서 별로 인정받지 못하던 이능력자나 이능력으로 해결사나 용병 등을 하던 그레이 울프들은 이제 마물 사냥꾼이 되어서 큰 돈을 벌러 나서는 경우가 많이 생겼다. 돈 때문에 카오틱에빌이 된 이능력자 조차 마물 사냥

꾼이 되는 경우도 있었다. 결과적으로 일명 몬스터 헌터라
는 직업이 생기게 되었다.

　이것이 모두 유리엘이 만든 웜홀 탐색기 덕분에 생긴 일
들이었다. 가히 문명의 흐름을 바꾸었다고 해도 과언이 아
니었다.

5장. 사냥

NEO MODERN FANTASY STORY & ADVENTURE

# 현세귀환록

現世
歸還錄

NEO MODERN FANTASY STORY & ADVENTURE

## 5장. 사냥

　강서영이 탄 차량은 얼마 지나지 않아서 멈추었다. 그렇지만 웜홀 발현지에 다다른 것은 아니었다. 웜홀의 발현지는 산 속에 있었기에 차량으로 갈 수가 없었기에 멈춰섰던 것뿐이었다.

　"어떡할까요, 언니? 한 1킬로는 더 가야할 것 같은데 들어가 볼래요?"

　"음, 별로 위험하지 않다면 가보고 싶기는 한데…."

　그간 티비 프로그램을 통해서 마물을 보았지만 호기심 많은 그녀의 성격상 한번쯤은 실제로 보고 싶기도 하였다.

　물론 방송에서 나오는 마물은 흉측하고 위협적으로 보였다. 실제로 방송 아나운서나 출현하는 헌터들도 마물이 위험하다고 일반인들은 웜홀의 발현을 알게 된다면 즉각 현장을 피하라고 언급하였다.

하지만 정작 방송 영상에서는 헌터들이 손쉽게 마물을 처리하기에 일반인들이 마물에 대해 느끼는 두려움은 그리 크지 않았다.

거기다가 이능세계 기준으로도 상당히 강하다고 알고 있는 정시아까지 있다고 생각하자, 강서영도 호기심을 억누르지 않고 밖으로 나섰다.

"위험하지는 않다니까요. 호호. 주차하고 올라가 봐요."

강서영이 가고 싶다 하면서도 재차 망설이자 정시아는 대수롭지 않은 일인 것처럼 말하며 그녀를 이끌었다.

결국 강서영 일행은 길가에 차량을 주차하고 산길을 오르기 시작했다. 500미터 정도 산을 타고 올라가자 녹색 계통의 군용 위장복과 비슷한 옷을 입은 남자가 일행의 길을 막고 외쳤다.

"이 곳 10분 뒤에 마물이 출현합니다. 위험하니 돌아가시기 바랍니다."

남자는 총기를 들고 무장을 하고 있었는데, 그 총은 일반적인 소총이나 수렵용 총으로는 보이지 않았다. 특유의 마나 파장이 나오는 것으로 보아 마나 라이플로 보였다.

일반인이 본다면 위협적으로 느낄 수 있는 모습이었다.

하지만 강서영 일행은 일반인이 아니었다.

 강서영이 어떤 반응을 보여야 할지 몰라 우물거리고 있을 때, 정시아가 위장복 사내의 말에 대답도 않은 채 품에서 조그만 카드를 꺼내 사내에게 보였다.

 그녀가 꺼낸 카드는 신용카드와 비슷한 크기의 카드로 특이하게 검붉은 색을 띄고 있었다. 사내는 카드를 알아보았는지 눈을 부릅뜨고 말했다.

 "헉! 다크레드 카드라니…."

 "알았으면 길을 비켜줘요."

 "아, 예!"

 정시아의 말에 위장복 사내는 허둥지둥 길을 비켰다. 강서영은 정시아의 카드를 처음 보았는지 사내를 지나쳐 올라가면서 그녀에게 물었다.

 "시아야, 그 카드가 뭐야? 신분증 같은 거야?"

 "네, 언니. 유니온에서 인증하는 헌터 카드에요."

 "헌터 카드? 너 헌터였어? 그럼 마물도 잡아 본 거야?"

 정시아가 이능력자인 것은 알았지만 마물을 잡는 헌터인 줄은 몰랐기에 강서영은 놀라며 말했다.

 그런 그녀의 반응에 정시아는 별 것 아니라는 말투로 대답하였다. 사실 그녀에게는 별 것이 아니기도 하였다.

 "네, 언니. 가끔 휴일에 수도권 인근을 돌면서 심심풀이로 잡아봤어요."

"그래? 와… 마물은 티비에서나 나오는 거라 생각했는데, 직접 잡았다니… 대단하네. 어느 등급까지 잡아봤어?"

"B등급까지요. A등급 이상은 랜덤 웜홀에서 보기가 힘들어서 아직 A등급 마물은 본 적이 없네요."

지금은 동 등급의 마물을 잡기 힘들다는 정설이 있지만, 정시아는 자신 있었다. 정 위급한 상황이 된다면 진혈을 깨우는 방법도 있었다.

"그렇구나… 아까 다크레드 카드라던데 그거 많이 높은 거야?"

"일단 마스터 급이 받을 수 있는 블랙카드를 제외하고는 가장 높은 카드에요."

"그래? 그럼 강훈이는 블랙카드를 받았나? 전에 들어보니 마스터에 올랐다고 하던데."

"네, 강훈 오…빠는 저번에 블랙카드를 받아놨지요."

유니온에서 발급하는 헌터 카드는 기존의 이능력 등급과는 약간 다른 측면이 있었다. 기존의 이능력 등급은 마나의 보유량 및 순간적인 마나 발현량에 초점이 맞춰져 있어서 비전투 능력자 역시 등급을 받을 수 있었다.

하지만 헌터 카드는 마물과의 전투를 벌일 수 있는 전투요원, 하다 못해 전투 지원은 할 수 있는 인원에 한하여 발급되는 카드였다. 즉, 이능력 등급이 높다고 해서 헌터 카드의 등급이 높은 것은 아니라는 이야기였다.

일반인이라 해도 마물의 마정석을 가져온다면 카드를 발급해줬기에 이능력자만이 카드를 발급 받을 수 있는 것은 아니었다. 물론 아무리 마나 무구를 이용한다 하더라도 일반인이 상대할 수 있는 마물에는 한계가 있어, 높은 등급을 받기는 어려울 것이지만 헌터가 되는 것에는 제한이 없었다.

"블랙카드는 몇 명이나 받은 거야?"

"글쎄요. 유니온에서 정확하게 공개하지 않아서 확인할 수는 없겠지만, 전 세계를 다 합쳐도 그리 많지는 않을 거예요."

정시아의 말에 강서영의 표정이 저절로 밝아졌다. 자신의 남자가 능력이 있다는 이야기를 싫어할 여성은 없을 것이기 때문이었다.

이야기를 하며 산을 오르다 보니 어느새 웜홀 알림 어플에서 지정한 곳에 가까워졌다. 육안으로는 웜홀의 발현에 대한 아무런 조짐도 볼 수가 없었지만 어플에서 보이는 색깔이 점점 짙어지고 있어 웜홀의 발현이 얼마 남지 않았음을 알 수 있게 하였다.

그리고 아까 전의 위장복 사내만 보아도 알 수 있듯이, 이곳에는 이미 먼저 온 헌터들이 자리하고 있었다.

이미 10여 명의 헌터들이 대기하고 있었는데, 모두 동일한 복장은 아니었다. 5명은 검은 계통의 전투복이었고, 나머지 5명은 녹색 계통의 전투복이었다. 옷차림을 보니 아까 본 위장복의 사내는 녹색 전투복의 팀원인 것 같았다.

강서영 일행이 나타나자 검은 전투복의 헌터들 중 가장 뒤쪽에 있던 헌터 한 명이 일행을 발견하고 외쳤다.

"여기 우선권은 우리 블랙타이거 팀에게 있소!"

웜홀 알림 어플이 등장하고 헌터 제도 등이 만들어진지 아직 1년도 채 되지 않아서 모든 것들이 체계화 되어 있지는 않았다.

체계화 되어 있지 않다는 말은 그만큼 허점이나 불합리한 점도 많다는 것이었다. 예를 들어 헌팅을 끝낸 마물의 사체를 훔쳐가는 경우도 있었고, 헌팅 이후에 더 큰 힘을 앞세워 사체를 강탈하는 경우도 있었다.

심지어는 헌팅 중간에 뒤통수를 쳐서 헌터를 죽이는 경우도 벌어지곤 하였다.

유니온에서는 웜홀 알림 어플을 공개하고 헌터 시스템을 만든 이유는 이런 약육강식의 세계를 조장하기 위해서는 아니었다.

차원장의 통합 전에, 아니 마나장의 통합 전에 좀 더 많은 이능력자를 양성하고 일반세계와 이능세계간의 자연스러운 통합을 위해서 만든 것이었다.

그런데 이런 범죄행위가 성행한다면 이능력자 양성은커녕 범죄자의 양산이 될 뿐이라는 판단을 내렸다.

그래서 그런 일이 벌어지는 경우, 시범케이스로 많은 비용을 들여서라도 대지의 기억을 읽어 들여 범죄를 저지른 헌터들을 끝까지 추적하여 처벌 하였다. 그리고 그런 처벌에 대해서도 이능세계에 공개하였다.

몇 차례 그런 처벌들이 벌어지자, 이런 뒷치기 등의 불법적인 행태들이 상당히 줄어들었다. 그러면서 점차 헌팅 시스템의 체계가 잡혀나가기 시작했다.

별도로 유니온에서 시스템을 만들지 않아도, 헌터들이 스스로 체계를 세워 나갔던 것이었다.

그 중 가장 먼저 생긴 불문율이 웜홀에 먼저 도착한 순서대로 우선권을 주는 방식이었다. 이 우선권이 설정되면서 많은 문제들이 사라졌기 때문에 대부분의 헌터들은 이 불문율을 따랐다.

지금 이 헌터는 그 우선권을 이야기 하는 것이었다. 하지만 이내 강서영 일행들의 차림새를 보고 다시 말을 이었다.

"아. 일반인이군. 어떻게 여기까지 온지는 모르겠지만, 여기는 조만간 마물이 나타날 지역이오. 길을 잘못 들었다면 어서 물러나시오."

마물을 만날 것에 따른 긴장감이었는지, 강서영 일행의 옷차림이 등산과는 전혀 어울리지 않았음에도 그들을 단지 일반인 취급해버렸다.

그래서 그런지 이어지는 정시아의 말에 어처구니가 없어서 실소가 나왔다.

"어차피 헌팅이 아니라 마물을 구경하는 것이 목적이었으니, 너무 신경쓰지 마시길."

"구경? 허… 마물 사냥이 애들 장난인 줄 아나… 아무리 경호원을 데려왔다고 해도 그렇지. 티비가 마물 사냥을 너무 쉽게 보게 했구만."

이 헌터는 부잣집 아가씨들이 이능력자 경호원을 믿고, 마물 사냥을 구경하는 것쯤으로 치부한 것이었다.

그도 그럴 수밖에 없는 것이 마일즈에게는 나름 강한 마나가 느껴졌지만, 강서영에게는 미약한 마나만이, 마지막으로 정시아에게는 아무런 마나도 느껴지지 않았기 때문이었다. 즉, 그가 정시아의 실력을 읽을 정도의 실력이 되지 않는다는 의미였다.

다만, 뒤에 서있는 마일즈의 실력이 만만치 않아 보였기에 완전히 무시하는 발언을 하지는 않았다.

반면 녹색 전투복의 헌터팀은 정시아를 다소 경계하는 듯한 모습으로 바라보았다. 아무래도 아래에서 마주친 위장복 헌터가 정시아가 다크레드 카드의 소유자라는 것을 무전으로 알려 준 것 같았다.

하지만 굳이 그 정보를 블랙타이거 팀에게는 알려주지 않은 듯해 보였다.

두 팀 간의 미묘한 신경전에도 아랑곳 않고, 정시아는 강서영을 공터의 한 쪽으로 안내하여 구경하기 좋게 자리를 잡았다.

그런 정시아의 모습에 이야기를 나누던 블랙타이거의 헌터는 고개를 절레절레 내젓더니, 강서영 일행에게서 신경을 끄고 곧 나타날 웜홀에 집중하기 시작하였다.

정시아와 말을 나눈 30대 중반의 텁석부리 헌터가 리더였는지, 블랙타이거의 다른 멤버들도 그가 관심을 끊자 더 이상 강서영 일행에게 관심을 보이지 않고 모두가 웜홀이 나타날 공간에 집중하기 시작했다.

블랙타이거 팀은 C+급 2명, C급 2명 및 D급 1명으로 이루어진 팀이었다. 이능력자들의 능력이 많이 상승한 지금도 C+급은 이능세계에서 꽤 인정받는 능력자 등급이었다. 즉, 이들은 나름 정예 헌터인 것이었다.

C+급 두 명은 마물의 사체를 가공한 보호대와 검으로 무장하고 있었고, 나머지 멤버들은 현대적인 마나 장비로 무장한 상태였다. 리더로 보이는 텁석부리는 당연히 C+급이었다.

반면 녹색 전투복의 헌터들은 C+급 1명, C급 2명 및 D+급 2명으로 이루어져 있었다.

우선권을 블랙타이거 팀에서 가져갔음에도 녹색 전투복의 헌터들이 기다리는 이유는 블랙타이거 팀에서 마물이

버거워 우선권을 포기하는 경우, 우선권을 승계 받아 마물
을 잡기 위해서 대기하는 것이었다.

약간의 시간이 흐르자 웜홀 알림 어플에서 보이는 웜홀
색이 짙은 붉은 색으로 변하였다. 웜홀이 발현될 시간이
임박했던 것이었다.

휘이이이~~잉

과연 웜홀 알림 어플에서 예측한 시간이 맞았는지 허공
에서 갑작스럽게 커다란 검은 구멍이 생기더니 태풍과도
같은 바람이 흘러나오기 시작했다. 웜홀이 열린 것이었
다.

웜홀이 열리면서 헌터들은 스마트 폰을 다 집어넣고, 마
물의 등장을 대비하며 무기를 고쳐 들었다.

기다림은 길지 않았다. 얼마 지나지 않아서 웜홀을 뚫고
5미터 정도 되는 곰 형태의 마물이 등장했다.

마물은 곰과 비슷한 형태였지만 실제 곰과는 전혀 달랐
다. 가장 큰 차이는 마물을 둘러싸고 있는 외피가 털이 아
니라, 갑주와 같은 딱딱한 껍질이라는 점이었다.

번들거리는 껍질이 그 여간 단단해 보이지 않았다. 아직
완전히 마나충돌이 없어진 것은 아닌 듯 그 갑주 위로는
붉은 스파크가 약하게 튀고 있었다.

크아앙~~!

웜홀을 통과한 마물은 마나 충돌에 고통을 느끼는지 포

효를 내질렀는데, 아직 완전히 정신을 차리지는 못하고 있었다.

곰 형태의 마물을 이미 알고 있었던 것인지 마물의 등장하자마자 텁석부리 중년인이 외쳤다.

"아머드 베어(Armored bear)!"

지난 1년여간 유니온에서는 현상금을 걸고 마물에 대한 정보를 취합하였고, 그렇게 모인 마물에 대한 정보를 메뉴얼로 만들어 헌터들에게 제공하였다. 정보를 몰라서 불필요하게 희생되는 경우를 최소화하기 위해서였다. 그리고 이 메뉴얼은 지금도 여전히 업데이트 되고 있었다.

그래서 텁석부리 장년인은 처음 보는 마물이었지만 마물의 정체를 알 수 있었다. 텁석부리의 옆에 있던 대머리 중년인도 메뉴얼을 보았는지, 그의 말을 받았다.

"아머드 베어라면… 지금 우리가 가능하겠습니까?"

대머리 헌터가 그렇게 물을 수밖에 없는 이유가 일반적으로 아머드 베어는 개체에 따라 C급에서 C+급으로 판단되지만, 외장갑이 두터워 무투형의 근접 타격 계통의 이능력자에게는 난이도로 따지면 B급과도 같은 난이도의 마물이었기 때문이었다.

메뉴얼에 의하면 아머드 베어는 마법과 같은 속성공격에 다소 약한 대신 단순 물리적 공격에는 엄청난 내구성을 가지고 있는 마물이었다.

블랙타이거 팀은 모두가 마나를 기로 바꾸어 사용하는 무술가 출신으로 이런 아머드 베어에게 취약한 헌터 그룹이었다.

이런 점을 대비하기 위해서 거금을 들여 마나 라이플을 구매하였지만, 그 역시 속성이 부여된 라이플은 아니었기에 아머드 베어에게는 적합한 무기는 아니었다.

B급 이상의 샤이닝 소드라면 아머드 베어의 외장갑을 뚫을 수 있을 것이나, 블랙타이거의 리더조차 아직 C+급밖에는 되지 못하였기에 전반적으로 보아서 블랙타이거 팀이 잡기에는 다소 무리가 있는 상황이라 할 수 있었다.

그런 분위기를 읽었는지 얼굴에 흉터가 있는 청년 역시 리더에게 물었다.

"팀장님, 저기 그린 드래곤 애들한테 헬프치는 건 어떻겠습니까?"

텁석부리의 리더 헌터 역시 그 생각을 하고 있었는지 잠시 고민하다가 팀원들에게 물었다.

"너희들도 알다시피 아머드 베어는 우리 혼자 잡기 힘들다. 저 쪽과 연합하는 건 어떠냐?"

다른 팀원들도 상황을 알아차렸는지 고개를 끄덕임으로써 긍정을 표시하였다. 팀원들의 의사도 확인한 텁석부리는 그린 드래곤의 리더에게 말했다.

"박 팀장, 같이 하는 건 어떻소? 어차피 우리가 우선권

포기하고 물러난다 해도 그 쪽 혼자 잡기는 힘들 것 같은데 말이오."

그린드래곤의 리더인 박 팀장은 텁석부리의 제안에 잠시 생각하다가 대답했다.

"좋소, 어차피 저 녀석은 우리 같은 무술가에게는 쥐약인 놈이니 그렇게 합시다. 그럼 처분은 관행대로 하는거죠?"

"당연하지요. 시작부터 같이하니 처분은 관행대로 50대 50이오."

양 팀간에 합의가 이루어져서 이제는 10명의 헌터가 마물을 상대하게 되었다. 헌터들이 이야기 하는 동안, 아머드 베어 역시 어느 정도 정신을 차렸는지 자신의 주위를 둘러싼 헌터들을 노려보았다.

선공은 블랙타이거의 텁석부리 헌터였다. 그는 다람쥐처럼 재빠르게 아머드 베어의 하단으로 빠져서 검격을 넣었다.

전신이 딱딱한 껍질로 둘러싸인 아머드 베어에게 그나마 취약한 부분이 바로 배 부분이었다. 다른 곳은 짙은 검은 색인 것에 비해 배 부분의 껍질 색은 진한 회색 정도의 색으로 다소 차이가 있었는데, 지금 텁석부리는 그 곳을 노리고 공격을 한 것이었다.

쾅~!

이미 샤이닝 상태로 들어간 그의 빛나는 검은 아머드 베어의 휘두르는 왼손을 피해서 정확하게 배를 가격했다.

그 최초의 공격이 들어간 후 텁석부리는 연속공격을 날렸지만 아머드 베어에게 남겨진 상처는 크지 않았다. 흠집과도 같은 칼자국이 몇 군데 남겨졌을 뿐이었다.

배부분이 약하다고는 하지만 그 역시 아머드 베어의 껍질이었다.

그러나 공격은 텁석부리 혼자가 아니었다. 블랙타이거 팀과 그린 드래곤 팀의 다른 헌터들이 시간차로 파상공세를 펼쳐나갔다.

공격이 진행되면서 흠집은 더 많이 생겼고 수차례 누적해서 공격이 적중되는 곳의 껍질은 점차 파여 살이 드러나기 시작했다.

아머드 베어는 방어력은 높았지만 움직임은 다소 느린 편으로 공격을 피하기가 그렇게 어렵지는 않았다. 지금도 이리저리 휘두르는 손과 꼬리를 피해 모든 헌터들이 공격을 가하고 있었다.

한참 동안 공격이 지속되었고, 이대로라면 시간은 걸리겠지만 큰 어려움 없이 아머드 베어를 잡을 수 있을 것만 같았다.

그렇지만 아머드 베어에게도 한 수가 있었다. 그런 한 수가 없었다면 근접 공격자들의 악몽으로 불리지는 않았을 것이었다.

아머드 베어는 잠시 눈을 빛내는 것 같더니 처음의 포효와는 다른 거칠고 높은 고주파음을 발했다.

끄어어~~~!

고주파음이 발현되자 텁석부리는 재빨리 일행들에게 외쳤다.

"마비음파다! 고막을 막아!"

이미 수차례 등장했던 아머드 베어였기에 이 마비음파에 대한 대책도 있었다. 하지만 그 대책은 완벽한 것은 아니었다. 마법사가 있다면 좀 더 나은 대비가 되었을 것이나 지금 이곳에는 마법사가 없었다.

텁석부리의 말에 일행들은 기를 움직여 고막을 보호했다. 만일 지속적으로 이 음파에 노출된다면 고막이 터지는 것은 물론이고 뇌마저 곤죽으로 변해버려 죽음에까지 이를 수 있는 무서운 공격이었다.

그렇지만 고막을 보호했다고 해도 완전히 이 공격에서 벗어난 것은 아니었다. 고주파음에 저항하느라 움직임이 눈에 띄게 둔해졌던 것이었다.

물론 아머드 베어 역시 음파를 발현하는 동안은 움직이기 힘들어서 당장 위험한 것은 아니었지만, 문제는 음파 공격이 끝나는 시점이었다. 바로 지금처럼.

퍼억~!

음파 공격이 끝나고 아머드 베어는 바로 움직일 수 있었으나, 헌터들은 그 후유증이 남았는지 전과 같은 움직임이 나지는 않았다.

아니나 다를까 블랙타이거의 한 헌터가 아머드 베어의 오른손 공격에 가격 당했다.

피한다고 피했지만 음파공격의 후유증 때문인지 기민하게 움직이지 못하여 맞은 것이었다. 그리고 그 공격은 치명적이었다. 머리 반쪽이 으스러져 버렸다.

곰과 같은 큰 발에 머리가 날아가서 피가 터져 나오는 장면은 일견 비현실적으로 보이기도 하였다.

"진환아!!"

덥석부리는 죽은 헌터의 이름을 외쳤지만 그를 돌보러 갈수는 없었다. 아직도 아머드 베어는 형형한 눈을 빛내며 또 다른 헌터들을 노리고 있었기 때문이었다.

동료가 한 명 당하고 나니 블랙타이거 헌터들의 기세가 바뀌었다. 지금까지는 서로 눈치를 보느라 몸 사리는 공격들이 많았지만 이제는 다소간의 상처를 입더라도 한방 한방 제대로 된 공격을 아머드 베어에게 넣고 있었다.

아머드 베어 역시 계속 되는 공격으로 수차례 피해가 누적되었는지 두꺼운 껍질이 뚫려 녹색의 피가 새어나오고 있었다.

전투는 삼십여 분이 넘도록 지속되었다. 헌터들의 공격

138 現世 5
歸還錄

이 매서웠지만 아머드 베어는 만만치 않았다.

아머드 베어의 고주파 공격에 블랙타이거 헌터 한 명과 그린드래곤 헌터 한명이 더 희생되고 나서야, 헌터들은 아머드 베어를 쓰러트릴 수 있었다.

이미 죽은 세 명의 헌터를 제외하더라고 나머지 헌터들도 멀쩡하지는 않았다.

샤이닝 소드를 만들지 못하는 D급의 헌터들은 근접전을 벌이지 않고 마나 라이플로 견제만 하였기에 큰 상처는 없었으나, 전투에 직접 참여한 다른 헌터들은 하나같이 크고 작은 상처를 입고 있었다.

특히, 블랙타이거의 리더인 텁석부리는 가슴팍이 쩍 갈라진 중상을 입었다. 마물의 사체로 된 고가의 보호대가 없었다면 상반신 전체가 날아 갈만한 강력한 공격을 맞은 덕분이었다.

"팀장님이 구해주지 않았다면 저도 진환이처럼 될 뻔했네요. 감사합니다. 팀장님."

"감사는 무슨… 죽지나 마라. 다시 팀원 구하기 귀찮으니 말이야."

텁석부리는 대머리 헌터의 인사에 쑥스러운 듯 손사래를 치며 대답했다. 대머리 헌터는 텁석부리의 상처를 보며 다시 물었다.

"그런데 상처는 좀 괜찮으십니까?"

그 말에 자신의 상처를 보았는데 이미 지혈을 하고 포션을 부어놓은지라 상처는 많이 아물어 있는 상태였다.

"보시다시피 비싼 포션이 그 값을 하네. 이 상처만 아녔어도 마무리는 내가 하는데…."

텁석부리는 마무리 운운하면서 아머드 베어 쪽으로 고개를 돌렸다.

쓰러진 아머드 베어는 혼자 있지 않았다. 그린드래곤의 박 팀장이 쓰러진 아머드 베어 위에 올라타 있었다.

비록 쓰러졌지만 아직 완전히 숨통이 끊어지지 않았기에 최후의 일격을 가하기 위해서 그 위로 올라간 것이었다. 결국 박 팀장은 십수차례 공격을 가하여 결국 자신의 검을 아머드 베어의 목에 박아넣었다.

목에 검이 박힌 채 잠시 움찔거리던 아머드 베어는 얼마간의 시간이 지나자 더 이상의 움직임을 보이지는 못했다. 사냥이 끝난 것이었다.

6장. 흑성

NEO MODERN FANTASY STORY & ADVENTURE

# 현세귀환록

# 6장. 흑성

헌터들의 사냥을 지켜보던 강서영은 너무 큰 충격에 입을 다물지 못하고 있었다. 그녀가 지금까지 생각했던 마물 사냥은 이런 것이 아니었다.

실제로 헌터나 마물 관련 방송에서도 말은 헌팅이 어렵고 위험한 것처럼 하면서도, 그들이 하는 말과는 다르게 너무도 손쉽게 마물을 사냥하고는 하였다.

방송에서는 웜홀이 열리고 마물이 튀어나오면 서너 명의 헌터가 달려들어 몇 분 되지도 않았는데 마물을 도륙하고 사체에서 마정석을 꺼냈다.

약간의 부상은 있었지만, 누구도 생명이 위험할만한 큰 부상을 당하는 경우는 없었다. 헌터가 죽는 경우는 더더욱 없었다.

그랬기에 그녀는 지금처럼 마물에게 헌터가 죽을 것이라고는 생각하지도 못했다. 위험하다고는 하지만 이렇게 위험할 것이라는 상상도 하지 못했던 것이었다.

보통 티비에서 방송되는 마물 사냥 영상은 일반인들의 마물에 대한 두려움이 너무 커지지 않도록, 유엔과 유니온, 각국 정부에서 일부러 손쉽게 사냥한 장면만을 제공하는 것이었다. C급, B급 헌터가 E급, F급 마물을 잡는 것이니 어려움이 있을 리가 없었다.

그래서 지금까지 일반인들은 마물 사냥을 마치 아프리카 초원의 사자를 사냥하는 것과 비슷한 것처럼 여기고 있었다. 이능이라는 총과 같은 무기만 있다면 별로 위험하지도 않는 그런 사냥처럼 말이다.

강서영 역시 그런 일반인들과 같은 생각을 하고 있었다. 그리고 그녀 이능을 배우고 현재 E급 이능력자이기는 하였지만 아직 그녀 스스로는 이능력자라는 자각이 없었다.

실제로 이능세계에 대한 정보도 그리 많지 않았다. 더군다나 마물 사냥이나 헌터에 대한 정보는 더 없었기에 이번 마물 사냥을 보고 큰 충격을 받을 수밖에 없었다.

"아… 어… 어떻게 저런….”

이제 사냥은 끝났지만 아직 강서영은 헌터들이 죽은 충

격에서 헤어나오지 못하고 있었다. 일반인이 자신의 눈 앞에서 한번에 세 명이나 죽는 것을 볼 일은 거의 없었다. 그것도 마물에게 잔인하게 살해당하는 것을 본다는 것은 일반인으로서는 충격일 수밖에 없었다.

정시아는 강서영의 그런 반응에 다소 의아해 하다가 이내 이유를 짐작했다. 강서영이 이런 쪽에 내성이 없다는 것을 잠시 간과했던 것이었다.

정시아는 과거 살아남기 위해서 사람들을 살해해보기도 하였고, 서로 죽고 죽이는 그런 상황을 종종 보아왔다.

따라서 이 정도로 충격 같은 것을 받을 일은 없었으나, 강서영은 그야말로 평범한 보통 사람이었다. 충격을 받는 것도 무리가 아니라는 생각이 들었다.

그래서 정시아가 강서영을 달래 주기 위해서 말을 걸려고 하는 찰라, 갑자기 복면을 쓴 괴인 집단이 이 곳에 들이 닥쳤다.

블랙타이거와 그린드래곤의 헌터들은 이 괴인들이 사냥이 끝난 줄도 모르고 이곳의 마물을 사냥하기 위해서 온 다른 헌터라고 생각했다.

그런 생각을 대변이나 하듯 텁석부리 헌터가 달려오는 괴인들에게 말을 건넸다.

"이미 이 곳의 마물 사냥은 끝났소. 다른 곳을 알아보시오."

하지만 괴인들은 대화를 나눌 의도가 없었다. 이미 검과 도, 심지어는 쇠사슬과 같은 무기를 빼어들고 문답무용으로 헌터들을 공격해왔다.

쏴~~~~~악! 팟!

"으악!"

비교적 괴인 집단과 가까이 있던 헌터 한명이 날아오는 쇠사슬에 팔이 감겼다가 쇠사슬이 회수되며 팔이 찢겨져 나갔다. 괴인이 자신을 공격할 것이라 추호도 생각하지 않았는지 무방비로 있다가 당한 일격이었다.

이 일격을 본 그린드래곤의 박 팀장이 팀원들과 블랙타이거의 헌터들에게 외쳤다.

"헌터가 아니야! 다크스타다!"

다크스타라는 말에 헌터들의 안색이 변했다. 그리고 괴인들의 검은 복면을 좀 더 자세히 들여다보니 검은 복면 이마 부분에 양각으로 검은 별이 수놓아져 있었다. 검은 복면에 검은 별이라 자세히 보지 않는 다면 알아보기는 힘들었다.

그 별을 본 헌터들 중 누군가가 외쳤다.

"헉! 진짜 다크스타다! 어서 유니온에 연락… 커… 컥!"

"기훈아!"

유니온에 연락 운운한 헌터는 말을 마치지도 못했다. 그의 말을 들은 다크스타의 복면인이 쇠사슬이 연결된 낫을 쏘아내어 그 헌터의 목에 꽂았던 것이었다.

그리고 목에 꽂혔던 낫은 복면인에게 되돌아가며 기훈이라 불린 헌터의 상반신이 세로로 갈라버렸다. 낫이 지나간 상반신은 이내 쩍 벌어지며 엄청난 양의 피를 쏟아내었다.

"아…"

그 모습을 보던 강서영은 외마디 신음을 내더니 쓰러지고 말았다. 너무도 충격적인 장면을 연이어 보다보니 그녀는 심리적으로 무척 흔들리고 있었는데, 기훈이 죽는 모습은 오늘 그녀가 본 장면 중에서 가장 끔찍한 모습이다 보니 결국은 정신을 놓고 말았던 것이었다.

"언니!"

강서영이 쓰러지는 것을 본 정시아는 서둘러 그녀의 맥과 숨을 확인했는데, 충격에 의한 단순 기절인 것을 알고 내심 안도의 한숨을 내쉬었다.

퍼~퍼퍽!

채~챙! 챙챙!

쾅~! 쾅!

다크스타의 괴인 중에서는 마법사도 있는지 화염구 같은 마법 또한 헌터들에게 날아왔다.

헌터들은 분전(奮戰)하였지만 결과적으로 다크스타의 일방적인 압승이었다. 인원만 해도 3명이 죽고 7명만 남은 헌터 일행에 비해 8명인 다크스타가 더 많았고, 실력 또한 헌터들에 비해서 그들이 월등히 좋아보였기 때문이었다.

심지어 다크스타는 8명이 다 나서지도 않았다. 고작 5명이 나서서 7명을 압도했던 것이었다.

얼마 지나지 않아서 남은 헌터는 블랙타이거의 리더 텁석부리와 그린드래곤의 리더 박 팀장 밖에 없었다. 그 사이 다른 헌터들은 모두 주검으로 변해버렸다.

헌터의 불문율을 어기며 자신의 눈앞에서 살육이 벌어지는 것을 본 정시아는, 직접 나서서 이 살육을 막고 싶었으나 섣불리 현장으로 뛰어들 수가 없었다.

그 이유는 8인의 다크스타 중에서 살육에 나서지 않는 3명 때문이었다. 그녀에게는 강서영을 지키는 것이 가장 중요한 일이었기에 강서영의 안전이 보장되지 않는 상황에서 함부로 그녀의 곁을 떠날 수 없었다.

만일 별 볼일 없는 상대라면 강서영을 건들기도 전에 그들을 해치워버릴 수 있었겠지만, 지켜보는 3명 중에 가운데 있는 한명은 거의 그녀와 대등해 보이는 마나를 지니고 있었다. 그렇기에 계속 상황의 변화만 주시하고 있었다.

하지만 상황은 점점 더 어려워져가고 있었다. 헌터들이 팀장 두 명만 남고 모두 주검이 되는 동안, 다크스타의 괴인들은 한 명도 죽지 않았던 것이었다. 단지 크고 작은 상처만 몇 군데 입었을 뿐이었다.

서로 등을 맞대고 다섯 명의 다크스타를 상대하던 박 팀장과 텁석부리는 이제 죽음을 직감하고 있었다. 7명으로도 이기지 못한 그들을 두 명이서 이기기란 요원한 일이니 말이었다.

다크스타의 괴인들은 그들을 이제 다 잡은 물고기라 생각하는지, 서둘러 공격하는 것이 아니라 마치 장난치듯이 둘의 주위를 빙빙 돌았다.

잠시 전투가 소강상태가 되자 박 팀장이 갑자기 정시아를 바라보고 외쳤다.

"도와주시오! 어차피 다크스타는 목격자를 남기지 않지 않소! 우리가 죽고나면 결국 그 쪽도 타겟이 될 것이오!"

박 팀장의 갑작스러운 말에 텁석부리는 의아해 하며 그에게 물었다.

"누구보고 그러는 거야, 박 팀장! 저기 경호원 보고 하는 말인가? 어차피 저 경호원 혼자서 어쩔 수 있는 상황이 아니지 않는가!"

"경호원이 아니라 저기 단발머리 소녀 보고 하는 이야기일세. 겉보기는 저렇게 보이지만, 저 소녀는 다크레드 카드의 헌터야!"

"뭐… 뭐라고! 다… 다크레드라면…."

박 팀장의 말에 텁석부리 헌터는 깜짝 놀라 순간적으로 정시아를 돌아볼 뻔하였다.

다섯 명이나 되는 적이 둘러싼 상황에서 한눈을 팔았다 가는 목숨을 잃을 것이 뻔해 보이는 상황이었기에 꾹 눌러 참았지만 곁눈길이 가는 것까지는 막을 수가 없었다.

박 팀장의 말에 정시아도 입술을 깨물었다. 그의 말이 맞았기 때문이었다. 더 이상 상황을 지켜본다고 해도 나아 질 기미가 보이지 않았다.

오히려 저 둘이 죽고 나면 더 어려운 상황이 될 것이었 다. 승부를 내야할 때였다.

정시아의 미간이 찌푸려지며 고운 얼굴이 다소 구겨졌 다. 이리 저리 계산해 봐도 강서영의 지키면서 모두를 상 대할 방법이 떠오르지 않았다.

자신 혼자라면 진혈을 깨워 어떻게든 할 수 있겠지만, 그 사이에 강서영을 노리고 들어온다면 그것까지 막을 자 신이 없었다.

결국 생각을 거듭하던 정시아는 주머니에 손을 넣더니 스마트 폰을 꺼냈다. 사용하기 싫었던 최후의 수단을 꺼내 는 것이었다.

뚜~~ 뚜~~~ 딸칵

몇 번의 통화음이 울리더니 누군가가 전화를 받았다. 유 리엘이었다.

[시아니?]

"네, 언니. 죄송한데 좀 도와주시면 안 될까요? 서영이 언니가 조금 위험한 상황에 있어서요."

정시아는 강민이나 유리엘에게 이런 부탁을 하기가 싫었다. 자신의 능력이 모자라다는 것을 인정하는 것 같았기 때문이었다. 하지만 지금 상황에서 자신의 자존심 때문에 강서영이 위험에 처하게 할 수는 없었다.

[그래? 알겠어. 조금만 기다려.]

"네, 언니. 부탁드릴게요."

구체적인 설명은 없었다. 하지만 그녀가 알겠다고 했으니 이제는 괜찮을 것이었다. 서울에 있을 유리엘이었지만 정시아는 그녀가 거리에 구애받을 사람이 아닌 것을 알고 있었다.

유리엘이라면 지금 당장 이곳에 강림해서 모든 것을 해결 할 수 있을 것이었다.

❖

"민, 어떡할까요?"

강민과 유리엘은 이미 정시아의 상황을 알고 있었다. 정확하게 말하면 강서영이 기절하는 순간부터 스크린을 통해서 그녀의 상황을 지켜보고 있었다.

동생의 프라이버시가 있으니 모든 상황을 지켜보지는 않았지만 이렇게 신체나 정신에 기준 이상의 충격이 가해지는 상황이 생기면 자연스럽게 그녀의 상황을 알 수 있도록 조치를 해놓았기 때문이었다.

"시아가 약간 무리한다면 혼자 해 볼만 하지 않을까?"

"일반적인 상황이라면 그렇겠지요. 그렇지만 지금은 서영이 때문에 신경을 쓰니 스스로 힘들다 생각하고 연락한 것 같네요."

"하긴, 시아는 서영이가 절대 위험한 상황이 생기지 않는다는 것을 모르고 있으니…."

강민 말처럼 강서영은 유리엘이 만들어준 마법기에 의해서 절대적으로 보호 받고 있었다. 그랜드 마스터가 나선다고 해도 그녀가 위험해 질 상황은 없을 것이었다.

하지만 정시아는 강서영이 받고 있는 보호에 대해서 모르고 있었기에, 자신이 최후의 방패라고 생각하고 그녀를 지키려 하고 있었다.

"그럼 우리가 가볼까요?"

유리엘의 말에 강민은 잠시 고개를 갸웃거리다가 입을 열었다.

"음… 강훈이를 보내보자."

"강훈이를요?"

"자기 여자는 스스로 지켜야지. 안 그래?"

자기 여자라는 말에 유리엘은 웃으며 말했다.

"호호호. 그것도 그렇네요. 민이 날 지켰듯이 말이에요."

"우리는 서로가 서로를 지킨 것이었지."

"그래도 저는 민이 없었다면 정신을 차릴 수 없었을 거에요."

"나도 유리가 없었다면 그 오랜 시간을 버텨낼 수 없었을 거야."

그 말을 마지막으로 잠시 간의 대화가 끊기고 잔잔한 눈빛만이 둘 사이에서 오갔다. 영혼의 동반자라는 말이 어울리듯 영혼의 교류가 되는 둘은 이런 눈빛 교환만으로도 서로의 생각과 느낌을 잘 알 수 있었다.

짧은 시간의 교류였지만 둘 다 영혼이 충만해지는 듯한 기분이 들면서 만족스러운 미소가 입가에 지어졌다.

"그럼 강훈이한테 연락할께요."

"그래, 이리로 부를 것도 없이 바로 그리로 보내버리지 뭐."

"그래요."

잠시 눈을 감은 유리엘은 과거 최강훈에게 보냈던 것처럼, 심어와 결합된 텔레파시를 보냈다.

[강훈아, 지금 뭐해?]

[아. 유리 누님이시군요. 지금은 스페셜팀 개인 지도 중입니다. 그런데 이렇게 이야기 하시는 건 오랜만이네요. 무슨 일입니까, 누님?]

휴대전화가 있는데 그것으로 하지 않고 텔레파시를 보

냈다는 것은 뭔가 비밀리에 그리고 즉각적으로 할 일이 있다는 것이었다. 최강훈은 그런 짐작으로 유리엘에게 상황을 물어보았다.

[지금 서영이가 기절한 상태야.]

[네? 기절이라니요?]

[그게 말이야…]

유리엘은 간략히 강서영의 상황을 최강훈에게 전했다. 강서영의 상황을 들은 최강훈은 분노하며 당연히 자신이 나선다고 하였다. 아니 자신을 꼭 보내 달라며 되려 부탁하였다.

[그래, 그럼 바로 그리로 보내줄게. 서영이에게 백마탄 기사가 되어주렴. 호호호.]

[아… 흠흠. 네, 누님.]

최강훈은 백마탄 기사라는 말에 비록 텔레파시지만 쑥스러운 듯 대답했다.

❖

채~챙!

또다시 검이 부딪혔다가 떨어졌다. 복면인의 검격을 텁석부리가 힘겹게 막아낸 것이었다.

그러나 이어서 날아오는 검의 궤적에 텁석부리의 목이

걸려 있었다. 이대로면 목이 날아갈 판이었다. 하지만 그는 혼자가 아니었다.

캉~!

"으윽…."

등을 대고 있던 박 팀장이 텁석부리를 향해 날아오는 검을 걷어냈던 것이었다. 그렇지만 텁석부리를 도와주느라 박 팀장은 허벅지에 일격을 허용하고 말았다.

"박 팀장! 괜찮은가!"

"괜찮기는…."

이미 헌터들과 복면인들과의 전투가 벌어진지 이십여분이 넘었다. 텁석부리와 박 팀장을 제외한 헌터가 5분도 되지 않아서 모두 도륙되어 버린 것을 감안한다면 지금 둘은 분투를 하고 있는 것이었다.

사실 텁석부리나 박 팀장의 실력이 복면인들의 실력에 비해서 그리 떨어지지는 않았다.

하지만 둘은 조금 전 마물과의 전투를 끝냈고 이미 부상도 당한 상태였기에, 체력과 마나가 많이 소진된 상태였다.

무엇보다 그들은 둘인데 반해 덤벼드는 복면인들은 다섯 명이었다. 그야말로 목숨이 경각에 달린 상황이었다.

더군다나 박 팀장이 아까 도움을 요청한 정시아는 여전히 나서지 않고 있었기에 둘이 살아남을 방법은 보이지 않았다. 아니 지금까지 둘이 버티고 있는 것이 기적이라고 할 수 있을 정도의 상황이었다.

"헉… 헉… 박 팀장, 우리 여기서 끝인가….."

"휴… 이렇게 갈 줄은 몰랐군. 마물 사냥하면서 번 돈을 써보지도 못하고 가겠군."

박 팀장의 말에 텁석부리 또한 그런 생각이 드는지 아쉽다는 표정으로 말했다.

"이럴 줄 알았으면 돈 번다고 아등바등하지 말고, 좀 쓰면서 사는건데. 아쉽긴 하구만."

"크큭. 어쩔 수 없지. 누가 이렇게 될 줄 알았나. 그건 그렇고 저 헌터가 아무리 다크레드급이라고 해도 이들 모두를 상대하긴 힘들텐데, 무슨 생각이지? 설마 둘이서 저 여덟 명을 다 이길 수 있다고 생각하는건가….."

박 팀장은 정시아를 바라보며 의문을 가졌다. 하지만 생각을 해보아도 정시아가 기다리는 것이 무엇인지 감이 안 왔다.

"그… 어여차!"

대답을 하려던 텁석부리는 날아온 검을 막은 후 말을 이었다.

"그런 건 아닌 것 같은데, 그랬다면 지금 이 곳에 뛰어들겠지. 그나마 우리라도 있으면 상대하기 더 편할테니 말이야."

하지만 곁눈질로 정시아와 강서영을 바라본 텁석부리는 이내 감이 잡힌다는 말투로 이야기했다.

"딱 보니, 저 기절한 여자가 중요인물인가보군. 그러니까 저 남자하고 다크레드 헌터 둘 다 저 기절한 여자의 경호원이라는 거지. 아마 직접적인 공격이 오기 전까지는 나서지 않으려 할껄? 이 전투에 끼지 않은 저기 세 명도 걸릴테고 말이야."

"그렇지만, 다크스타는 목격자를 두지 않지 않는가? 어차피 우리가 죽고나면 저쪽이 타겟이 될텐데…."

"그래서 저렇게 똥마려운 얼굴로 우리를 보고 있겠지. 그렇지만 저 정도나 되는 헌터가 아무런 대책 없이 그냥 있을까? 윽!"

대화를 하다보니 전투에 대한 집중력이 흐트러졌는지 왼쪽 팔뚝에 다시 한 번 일격을 허용하였다.

하지만 이미 혈인에 가까울 정도로 많은 상처를 입고 피를 흘리는 둘이었기에 이런 상처 하나 더 난다하더라도 표시도 나지 않았다.

그렇지만 분명 데미지는 누적되고 있었고, 쓰러질 시간도 얼마 남지 않은 것이 분명하였다.

다크스타의 복면인들이 둘의 숨통을 끊기 위해 적극적으로 덤벼들지 않은 이유는 단 하나였다. 아직은 힘이 남아 있는 것처럼 보이는 둘이 동귀어진을 노리고 최후의 공격을 감행하는 것을 우려하고 것이었다.

이대로 조금만 더 시간을 끌면 제 풀에 지쳐서 쓰러질 것이 뻔한데 괜한 위험을 감수 할 필요가 없다는 생각인 것 같았다.

아니나 다를까 조금 더 시간이 흐르자 이제 둘은 샤이닝 소드도 유지하기 힘든 정도로 마나가 떨어져버렸다.

3분이나 흘렀을까? 둘의 검에 서린 샤이닝 소드는 마치 수명이 다된 백열등처럼 흐릿한 빛만이 남았다가 픽하고 꺼져버렸다.

둘의 마나가 떨어진 것을 떨어진 것을 확인한 다크스타의 복면인들은 클클거리는 웃음소리를 내었다. 이들을 끝내고 나면 전리품을 취할 수 있을 것이라는 생각에 웃음이 났던 것이었다.

그들이 생각하는 전리품은 마물의 사체만을 의미하는 것은 아니었다. 저기 멀리 있는 강서영과 정시아를 포함하는 것이었다.

하지만 그들의 생각은 생각만으로 그칠 수밖에 없었다. 갑자기 전장 상공 십여미터 정도에 마나유동이 발생하며 한 사람의 모습이 드러났기 때문이었다.

최강훈이 나타난 것이었다. 수련 중에 이리로 공간이동을 했는지 최강훈은 수련 때 입는 도복 차림에 자신의 환도까지 꺼내어 들고 있었다.

"뭐냐!"

갑작스러운 최강훈의 등장에 다크스타의 복면인들뿐만 아니라 텁석부리와 박 팀장도 당황한 기색이었다.

그런 그들의 반응에도 아랑곳 않고 최강훈은 빠르게 전장의 상황을 훑었다. 이내 강서영 일행이 아직 어떤 위해 입지 않았다는 것에 안도의 한숨을 내쉬며 이런 상황을 만든 적들에게 분노를 토해냈다.

"하앗!"

최강훈은 벼락과도 같이 손에 들고 있는 환도를 내리 그었다. 아무것도 없는 허공에 내리 그은 검이라 다크스타의 복면인들이 의아한 표정을 지으려 할 때, 전면에서 떨어져 있던 세 명 중 한 명의 입에서 경호성이 터져나왔다.

"피해라!"

복면인들은 피해라는 말을 들었지만 아직도 뭘 피하라는지 모르고 있었다.

퓨슈슈슉~!

그 순간 그들의 머리 위에 푸른 마나의 검이 나타나더니 그들의 머리를 뚫고 바닥으로 사라져버렸다.

마나의 검이 통과하면서 모든 움직임이 멈추어버린 다섯 복면인들은 얼마 지나지 않아서 털썩 쓰러지고 말았다. 쓰러진 그들의 정수리와 사타구니에서는 피가 줄줄 새어 나오고 있어서 그들의 사인이 적나라하게 드러났다.

다섯 명의 복면인이 순식간에 도륙되어 버린 것이었다.

자신들을 둘러싸고 있던 복면인들이 삽시간에 죽어버리
자 텁석부리와 복면인은 어리둥절하며 대화를 나누었다.

"바… 박 팀장, 어떻게 된 거지?"

"그… 글쎄. 나도 잘…."

"여튼 우리까지 공격하지 않는 것으로 봐선 적은 아닌
가봐."

"그런 것 같군. 하여튼 이제 더 버티기도 힘들었는데 살
았군."

살았다는 박 팀장의 말에 텁석부리가 고개를 갸웃거리
며 말했다.

"아직 모르지. 저기 세 명이 아까 그 놈들 상급자인 것
같은데 말이야."

"그치만 조금 전의 공격은 보통 공격이 아니야. 과거 내
사부님도 이 정도는 되지 못했다고. 저기 세 놈이 어떤 실
력을 가진지는 모르겠지만 저 청년이 질거라는 생각은 들
지 않는군."

"허… 젊어 보이는데 대단하구만… 그럼 우린 산 건가?
휴… 일단 좀 앉지."

상황파악을 하던 텁석부리와 박 팀장은 더 이상 서 있을
힘도 없었기에 주저앉아 숨을 골랐다.

텁석부리와 박 팀장의 대화를 뒤로 한 채, 최강훈은 나

머지 복면인 세 명을 끝내기 위해서 천천히 다가갔다.

다크스타는 복면의 색으로 서로의 상하를 표시하는지 조금 전 죽은 복면인들이 검은 복면을 쓴 것에 비해, 지금 세 명은 그 복면의 색이 달랐다.

세 명 중 두 명은 남색, 나머지 한 명은 파란색의 복면을 착용하고 있었다. 그리고 당연히 검은 복면을 쓴 다크스타의 일원에 비해서 월등한 실력을 가진 것으로 보였다.

특히, 파란색의 복면인은 보통 실력이 아닌 것처럼 보였지만, 마스터의 경지에 있는 최강훈의 상대는 아니었다.

파란 복면인이 대단하긴 했지만 아직 마스터에는 오르지 못했다는 이야기였다.

저벅 저벅 저벅

천천히 복면인들에게 걸어가는 최강훈은 분노를 감추지 않고 손에 쥔 환도에 힘을 주었다.

파스슥~!

평소 같으면 잘 들리지도 미약한 소리였지만, 사방이 조용해져 있는 상태였기에 미세한 이 소리가 들렸다. 아니 어쩌면 복면인들에게는 천둥과도 같은 소리였을 것이었다.

최강훈의 환도에 소드 오러가 나타난 것이었다. 그가 화가 난 것을 반영이나 하는 듯이 소드 오러의 타오르는 듯한 마나의 불길이 평소보다 거칠어 보였다.

"마스터!"

최강훈의 소드 오러를 보고 놀랐는지 남색 복면인 중의
한 명이 놀라며 외쳤다.

"허… 어디서 마스터가… 천왕의 이극민이 사라지면서
한국에는 마스터가 없다고 들었는데…"

좌우의 남색 복면인들이 하는 이야기를 가만히 듣고 있던
가운데 파란색 복면인이 주변을 둘러보다가 입을 열었다.

"음… 피하기는 힘들 것 같군. 비약은 챙겨왔지?"

비약이라는 말에 남색 복면인이 고개를 끄덕이며 말했다.

"네, 유사시에 생명줄인데 안 가지고 올 수가 있나요.
벨리알 놈들이 물량을 줄이는 바람에 구하기는 더 힘들어
졌지만 말입니다."

파란색 복면인은 다가오는 최강훈의 기세를 가늠해 보
더니 남색 복면인에게 말했다.

"마스터 급이다. 최소 세 개는 먹어야 할 거야."

"세 개요? 세 개면 부작용이 만만치 않을텐데요?"

부작용을 언급하는 남색 복면인에게 파란색 복면인은
피식 웃으며 말했다.

"큭, 죽는 것보다는 부작용이 낫지 않을까?"

"그… 그건 그렇겠지요."

"최소 세 개야. 위험한 상황이 되면 부작용 신경 쓰지 말
고 더 먹어. 살고 싶다면 말이야. 대신 한도는 알고 있지?

이성을 잃은 마인이 될 바에는 죽는 것이 나을 테니 너무 먹지는 말고."

"네, 지부장님."

천천히 다가오는 최강훈을 바라보며 세 명의 복면인은 품속에 손을 넣었다. 비약을 꺼내려는 것 같았다.

최강훈은 그들이 비약을 꺼내는 것을 보면서도 아무런 제지를 하지 않았다. 마스터간의 대결이라면 모를까 저들이 비약을 먹는다고 자신이 질 것이라는 생각은 전혀 들지 않았기 때문이었다.

그 때 전장과 약간 떨어진 곳에서 목소리가 들렸다. 정시아였다.

"야. 최강훈, 저 놈들은 내가 맡을게. 아까부터 참았다구. 서영이 언니만 아녔으면 내가 나서서 처리했을 건데… 특히 저 가운데 파란 복면은 내가 찜해뒀어!"

최강훈이 등장한 이상 더 이상 강서영이 위험할 일은 없었다. 그 말은 더 이상 그녀를 지키기 위해서 정시아가 강서영 옆에 붙어 있을 필요가 없다는 말이었다.

특히, 지부장이라 불린 파란색 복면인은 강서영을 지킬 필요만 없었다면 한 번 붙어보고 싶을 정도의 강자였다.

그녀와 비슷한 수준의 강자를 만나는 것은 쉽지 않았기에 정시아는 들뜬 마음으로 최강훈에게 말을 걸었던 것이었다.

하지만 최강훈은 지금 화가 난 상태였다. 정시아의 그런 말을 받아 줄 상태가 아니었다. 평상시의 정시아라면 이런 분위기는 바로바로 파악했을 것이지만, 지금은 거리도 떨어져 있었고 그녀 스스로가 이런 상황에 짜증이 났던 상황이라 최강훈의 기분을 캐치하지 못하였다.

더군다나 능력의 정도와는 무관하게 평소에는 순둥이처럼 그녀가 요구하는 무리한 부탁도 다 들어주는 최강훈이라, 지금도 그녀의 이런 말을 최강훈은 당연히 받아 줄 것이라고 정시아는 생각하였다.

그러나 그녀의 계산과는 달리 최강훈은 화난 눈빛을 가라앉히지 않고 정시아를 돌아보며 말했다.

"정시아! 넌 서영이 누나 옆에 있어! 이놈들은 내가 처리할 테니까!"

최강훈은 마스터의 힘을 온전히 드러내서 정시아가 끌어올리고 있는 기세마저 덮어버리며 말했다.

"아… 알겠어…요….."

처음보는 최강훈의 박력에 정시아는 그녀의 외모와도 같이 20대 초반 아가씨처럼 조신해져버렸다. 그 말의 끝에는 자신도 모르게 존댓말까지 붙어버렸다. 최강훈에게 압도되었다는 말이었다.

사실 최강훈이 화가 난 이유는 이런 상황을 만든 복면인들 때문만은 아니었다. 물론 원인을 제공한 그들의 영향이 없는 것은 아니었지만, 그들보다 다른 부분에서 더 큰 화가 치밀었다.

최강훈이 지금 가장 크게 화가 난 대상은 그 자신이었다. 지금 그는 그 스스로에게 가장 화가 났던 것이었다.

최강훈은 몇 년간 강서영을 지키기 위한 힘을 길렀고, 어느 정도 자신도 생겼었다. 그래서 지금은 강민이 이야기한 강서영을 지킬 수 있는 사람이 되었다는 자부심도 가졌다.

하지만 지금 그 자부심은 깨어졌다. 강서영은 충격을 받고 기절하고 말았기에, 최강훈은 그녀를 지키지 못했다는 사실에 스스로에게 화가 났다.

물론 최강훈이 항상 그녀의 옆에 있을 수는 없었기에 그의 잘못이라 할 수는 없었다. 지금의 자책은 과한 것일 수 있었다.

하지만 최강훈의 생각에는 언제라도 그녀가 어려운 상황이 되면 자신을 부를 수 있도록 사전에 조치를 했다면, 이런 일은 벌어지지 않았을 것이라는 생각에 자책감이 들었다.

다른 사람이라면 그런 장치를 만드는 것이 불가능할지 몰라도 유리엘이라면 가능할 것이었다. 강민의 동생인 강서영을 지키는데 사용한다면 유리엘이 그의 부탁을 거절할 리가 없었다.

이번 일이 끝나면 이 장치부터 만들어 달라는 부탁을 해야겠다는 생각을 하면서 최강훈은 복면인들의 앞에 섰다.

최강훈과의 거리가 가까워지자 복면인들은 재빨리 세 개의 알약을 삼켰다.

"크으윽…."

"으윽…."

아무 신음성조차 내지 않은 파란색 복면인에 비해, 남색 복면인들은 외마디 신음성을 발하였다.

이윽고 그들의 눈에는 붉은 혈기가 줄기줄기 뻗어 나오기 시작했다. 복면인들에게 본격적으로 비약의 기운이 돌기 시작한 것이었다.

공격의 시작은 남색 복면인부터였다. 두 명의 남색 복면인은 각각 빛나는 샤이닝 소드를 들고 최강훈의 좌우를 노리며 공격해 들어왔다.

펑~펑~!

최강훈은 가볍게 환도를 휘둘러 남색 복면인들의 검세를 튕겨냈다. 남색 복면인의 검에 서린 마나도 만만치 않았는지 소드오러에도 검이 잘려나가지는 않았다.

단지 폭음과 함께 튕겨나갔을 뿐이었다. 하지만 자세히 본다면 검날에 파인 자국이 생겼다는 것을 알 수 있었을 것이었다.

아무리 샤이닝 소드에 강한 기운을 불어 넣는다 해도 소드 오러에는 미치지 못하는 것을 보여주는 장면이었다.

이렇게 남색 복면인들이 공격하는 사이 최강훈의 전면에서 파란색 복면인이 사라졌다. 그리고 최강훈이 남색 복면인들의 공격을 튕겨낸 순간 그의 등 뒤에서 날카로운 기운이 느껴졌다.

남색 복면인이 최강훈의 시야를 가리는 사이, 아무런 기척도 내지 않고 그를 뛰어넘은 파란색 복면인이 후방에서 공격을 가한 것이었다.

의표를 찌른 신속한 공격에 최강훈이 뒤돌아서 그것을 막기에는 늦을 것만 같았다.

"아…."

멀리서 전투를 바라보던 정시아가 그 상황을 보다가 그녀도 모르게 탄성이 나왔다.

비약을 먹은 파란색 복면인의 움직임은 진혈을 깨운 그녀의 움직임에 육박했던 것이었다. 아니 약간 거친 면이 있지만 어쩌면 더 신속하고 강한 것만 같았다. 그녀가 보기에는 최강훈이 피할 수 없을 것 같이 보였다.

하지만 정시아의 우려와는 달리 최강훈은 이미 초월의 영역에 들어가 있었다. 초월의 영역이 아니라면 대응하기 힘들었을 것만 같은 은밀하고 신속한 파란색 복면인의 움직임을 최강훈은 이미 다 꿰어보고 있었다.

지금도 번개처럼 그의 목을 찔러오는 검의 움직임이 최

강훈의 눈에는 너무도 느리게 보였다.

자신의 움직임도 느리다고 느껴졌지만 온 몸에 마나를 돌려서 약간의 속도를 올리자, 최강훈은 파란색 복면인의 검속(劍速) 정도는 금세 능가할 수 있었다.

콰앙~!

검과 도가 맞부딪쳤는데 폭탄 터지는 소리가 나왔다. 각자의 도검에 서린 마나가 부딪히며 터져나온 소리였다.

최강훈의 환도야 소드 오러가 깃들었기에 당연히 강대한 마나가 서려있었지만, 파란 복면인의 검도 만만치 않았다.

하지만 역시 마스터급에는 미치지 못하는지 제자리에서 검을 받아낸 최강훈과는 달리 서너발자국 뒤로 물러서고 말았다.

순식간에 벌어진 일이었다. 남색 복면인의 공격부터 최강훈과 파란색 복면인의 공방까지 한 호흡도 안 되서 일어난 일이었다.

아마 일반인이라면 싸우는 모습을 알아 볼 수도 없을 정도로 빠른 공방이었다. 특히 마지막 최강훈의 반격은 왠만한 고등급 능력자들도 어떤 식으로 이루어졌는지 알아차릴 수 없었을 것이었다.

그들의 전력을 다한 공격을 최강훈이 어렵지 않게 받아내자 파란색 복면인은 입을 굳게 다물더니 내뱉듯이 남색 복면인에게 말했다.

"크윽… 두 알 더!"

남색 복면인들도 사태의 심각성을 깨달았는지 파란색 복면인의 말에 대답도 않은 채 고개를 끄덕이며 품으로 손을 넣어 다시 두 알의 알약을 먹었다.

조금 전까지만 해도 눈에서 혈기가 뻗어 나오는 정도였는데, 두 알의 비약을 추가로 먹은 복면인들은 지금 눈알 자체가 붉게 물들어버렸다. 아마 이 세 명이 보는 세상은 핏빛으로 가득 찬 세상일 것이었다.

특히 남색 복면인 둘은 어느 정도 한계가 되었는지 비약을 먹고 잠시간 몸을 떨며 약기운을 받아들이는데 시간이 필요하였다.

파란색 복면인은 그런 남색 복면인의 모습을 보며, 그 사이에 공격해올까 싶어 최강훈을 경계하였으나 최강훈은 여전히 제자리에 있었다. 그들이 할 수 있는 것은 다 해보라는 듯한 태도였다.

이내 비약의 기운을 다 받아 들였는지 복면인들은 조금 전의 공격보다 훨씬 빠른 속도로 움직이기 시작했다.

쉬쉭~쉭!

팡~팡~ 쾅~콰앙!

아까와 비슷하게 최강훈의 눈을 흐트러트리기 위해서 남색 복면인은 재빠르게 최강훈의 전후좌우를 번갈아가며 공격해 들어갔고 파란색 복면인은 그 틈새를 노려서 날카로운 공격을 감행하였다.

어차피 남색 복면인의 공격은 최강훈에게 통하지 않을 것이기에 파란색 복면인의 공격에 승부를 건듯 하였다.

하지만 이미 초월의 영역에 들어가 있는 최강훈은 손쉽게 모든 공격을 막아냈다.

"크윽⋯."

자신들의 공격이 아무런 유효타를 가하지 못하자 남색 복면인 중 한명이 다시 한 번 품에 손을 넣었다.

이내 빠져나온 복면인의 손에는 다섯 알의 알약이 들려져 있었다. 그걸 보던 다른 남색 복면인이 외쳤다.

"이현! 더 이상은 무리야! 더 먹는다면 이성을 잃어 버릴 거야!"

복면인의 외침에 이현이라 불린 복면인이 대답했다.

"어차피 이 상태로는 안 돼! 이렇게 다 죽을 바에는 내가 마인화 된 동안 달아나라고! 어차피 마인화 되고 나면 합격은 무리일 테니. 지부장님, 이걸로 저번의 빚은 퉁치는 겁니다. 크큭."

이현은 다른 복면인들의 대답도 듣지 않은 채로 다섯 개의 알약을 씹어 삼켰다.

"이현!"

알약을 먹은 이현은 간질에 걸린 것처럼 온 몸을 부르르

떨더니 혈안(血眼)이 된 눈에서 핏줄기가 새어나왔다.

복면을 써서 보이지는 않았지만 입과 코 그리고 귀가 있는 곳이 축축하게 젖어드는 것으로 보아 그 곳에서도 피가 흘러나오는 것 같았다. 얼굴에 있는 모든 구멍에서 피가 나온다는 이야기였다.

크와왕~!

얼마 지나지 않아 이현의 입에서 짐승의 울부짖음과 같은 소리가 터지더니 그는 최강훈에게 쏜살같이 덤벼들었다. 손에 들고 있던 검도 버리고 숫제 짐승처럼 네 발을 이용해서 뛰어들었다.

이현의 속도는 아까 파란색 복면인의 속도에 맞먹을 정도로 신속했다. 하지만 이성을 잃었다는 것을 보여주듯이 움직임은 아까와는 달리 거칠었다.

지금 그의 가장 가까운 곳에 최강훈이 있었기에 덤벼든 것이지, 그가 아군과 적군을 구분하여 공격한 건 아니었다.

그런 이현의 모습에 다른 남색 복면인은 고개를 흔들더니 말했다.

"지부장님, 피하시죠. 이현이 저렇게까지 해서 구명줄을 내려주는데 말입니다."

남색 복면인의 말에 동의하는지 파란색 복면인은 잠시 이현을 보다가 말했다.

"그래, 가자!"

이현이 최강훈에게 덤벼드는 모습과 동시에 복면인들이 전장을 빠져나가려고 몸을 틀었다. 하지만 곧이어 터진 엄청난 폭발음에 다시 고개를 돌리지 않을 수가 없었다.

콰~~앙!!

폭발음과 함께 드러난 상황은 피떡이 되어서 바닥에 납작 눌러진 이현의 모습이었다. 조금 전의 폭발 때 이미 생명을 잃었는지 이현의 움직임은 없었다.

"힘만 쎈 괴물이 된다고 날 상대할 수 있을 것 같으냐?"

마법사나 각성자 같은 체계적인 무술을 배우지 않은 이능력자에게는 이성을 잃더라도 이런 마인화를 통한 힘의 증폭이 어느 정도는 통할지도 몰랐다.

하지만 체계적으로 무술을 배운 무술가 타입의 이능력자들에게는, 더군다나 최강훈처럼 경지에 이른 무술가에게는 이성을 잃고 덤벼드는 마인은 힘 쎈 짐승과 다름이 없었다.

지금도 유(流)자결로 공격을 흘리고, 반(反)자결로 그 힘을 얹혀서 공격했더니, 이성을 잃은 이현은 피하지도 않은 채 맞받으려다가 일격에 피곤죽이 되어 버린 것이었다.

그렇게 마인화하여 동료들을 살리려한 이현은 구명줄을 마련해 줄 시간조차 만들지 못하고 죽어버렸다.

자신과 비슷한 능력을 가진 동료, 아니 더 증폭된 힘을 발휘한 이현이 죽는 것을 본 남색복면인은 죽음에 대한 공포 때문인지 겁에 질려 도망치기 시작했다.

하지만 지금 최강훈을 상대하는 사람이 없었다. 언제든 출수(出手)가 가능한 상황이었다. 그런 그에게 등을 돌리는 것은 죽여 달라는 말과 다르지 않았다.

휘이~~잉~! 퍽!

전력을 다해서 튕기듯이 뛰어가던 그는 다섯 발자국도 떼기 전에 최강훈의 환도에 가슴이 뚫려 절명하고 말았다. 이제 남은 것은 파란색 복면인뿐이었다.

"이렇게 사람을 죽인다는 것은 자신도 그 칼 위에 설 각오를 하고 있다는 것이겠지. 오늘 네 목은 여기에 두고 가야할 거야. 아, 물론 나도 그런 각오가 되어 있으니 네가 날 이긴다면 내 목은 여기에 떨어지겠지."

최강훈의 말이 아니더라도 조금 전의 상황으로 보아 파란색 복면인은 여기서 도망치기는 힘들다는 것을 직감했다.

또한 이현의 케이스로 보아 마인화를 한다고 해도 소용이 없을 것 같았다.

어느새 허공섭물(虛空攝物)을 통해서 자신의 환도를 거둬들인 최강훈은 다시금 소드 오러를 선보이고 있었다.

살아남기 힘들다고 생각하자 파란색 복면인 마지막 공격을 준비했다. 어차피 죽을 것 할 수 있는 모든 공격을 해

보고 끝을 맺고 싶은 마음이었다. 그런 마음을 반영이나 하듯 파란색 복면인의 샤이닝 소드가 웅웅거리며 검명(劍鳴)을 토해냈다.

검명이 난다는 것은 깨달음은 몰라도 담겨있는 힘으로만 치면 검기의 바로 전 단계였다.

콰~~~~앙!!

이윽고 최강훈의 소드 오러와 파란색 복면인의 샤이닝 소드가 격돌했다. 일체의 기교도 없는 강대한 힘과 힘의 대결이었다.

최강훈은 충분히 파란색 복면인의 검을 흘리고 빈틈을 노려서 손쉽게 이길 수도 있었겠지만, 이번에는 그러하지 않았다. 힘의 대결을 받아준 것이었다.

이격(二擊)은 없었다. 조금 전의 공격이 마지막 공격이었다. 공격을 마친 둘은 힘을 겨루는 듯 검을 맞대고 잠시 멈춰있었다.

하지만 힘을 겨루는 것은 아니었다. 이미 복면인의 눈에는 생기가 빠져있었기 때문이었다. 아니나 다를까 얼마 지나지 않아 파란색 복면인의 검은 산산조각이 나서 부서졌다.

그리고 살랑 불어오는 바람에 파란색 복면인의 복면이 반으로 갈라져서 흩날렸다. 맨얼굴이 드러난 복면인은 30대 후반 정도로 보였는데 왼쪽 볼에 있는 손톱만한 검은 거미 모양의 문신이 인상적이었다.

잠시 그렇게 버티던 복면인은 머리에서 사타구니까지 양단이 되면서 두 조각으로 잘려 쓰러졌다. 검기에 갈려진 단면이 다 타버렸는지 피도 새어나오지 않았다.

모든 다크스타의 복면인들이 다 죽고 나자, 앉아서 쉬고 있던 텁석부리와 박 팀장은 일어나서 최강훈에게 감사의 인사를 하였다.

"감사합니다. 은… 은인이 아니었다면 그간 모아둔 돈도 쓰지도 못하고 죽을 뻔했군요. 하하하. 저는 블랙타이거 팀의 리더, 아… 이제 리더라고 하기도 힘들군요… 팀원들이 다 저리 되고 말았으니. 어쨌든 리더였던, 왕웅이라고 합니다."

최강훈을 호칭할 말이 애매하였는지, 잠시 멈칫하던 왕웅은 생각 끝에 은인이라는 호칭으로 최강훈을 지칭하며 말했다. 왕웅의 말이 끝나자 박 팀장도 이어서 감사 인사를 하였다.

"저 역시, 팀원들을 다 잃은… 그린드래곤의 리더였던 박세주입니다. 구해주셔서 감사합니다."

최강훈은 인사를 받으며 자신의 이름도 밝혔다. 하지만 최강훈을 아는 사람은 없었다.

"최강훈이라고 합니다. 일단 제 일행들을 보고난 후 다시 이야기 나누시지요."

일행이라는 말에 왕웅은 반색하며 말했다.

"일행? 저기 저 분들과 일행이셨군요. 아! 그렇다면 저분들의 도움 요청으로 이곳까지 오신 것이었군요."

"맞습니다."

최강훈이 그의 말이 맞다고 하자, 왕웅이 박세주에게 으스대듯 말했다.

"거봐, 내가 뭔가 대책이 있을 거라고 했지? 하하하."

"그래, 너 잘났다."

조금 전까지 생사를 넘나드는 전투를 치룬 탓인지 둘의 관계는 서로 반말을 해도 어색하지 않는 모습으로 변해 있었다. 원래 알던 사이였지만 이제는 전우가 된 것이었다.

좀 더 편하게 이야기를 나누는 둘을 놔두고 최강훈은 정시아 쪽으로 자리를 옮겼다.

"수…고했어."

"수고는 무슨. 누나는 좀 어때?"

정시아는 아까 전 최강훈이 보인 박력에 아직 주눅이 들었는지 다소 말을 얼버무리며 말했다. 하지만 최강훈은 그런 것에 신경을 쓰지 않는 듯 평소처럼 말을 받았다.

그런 최강훈의 모습에 정시아는 한 숨을 놓으며 아까 전보다는 편히 말하기 시작했다.

"아직 정신은 안 들었는데, 별 문제는 없을 것 같아."

"일단 유리 누님께 데려가자. 누님이라면 해결해 주시겠지."

최강훈이 알기에 유리엘이 못하는 것은 없었다. 강민이 '절대(絕對)'라는 말로 수식이 가능하다면, 유리엘은 '전능(全能)'이라는 말이 어울리는 사람이었다.

"그럼 저들은 어떡할 거야?"

자리를 옮기자는 말에 정시아는 저 멀리 있는 왕웅과 박세주를 보며 말했다.

"음… 어차피 동료들도 다 저리 되었으니, 스카웃을 해볼까?"

"스카웃?"

"그래, 안 그래도 스페셜팀에 새로운 활력이 필요하기도 했고 말이야."

"아…."

정시아와 말을 마친 최강훈은 망설임 없이 왕웅과 박세주에게 다가가서 스카웃 제의를 하였다.

최강훈의 자신감 찬 걸음과는 달리 둘은 그 제의에 부정적인 반응을 보였다. 그간 그레이울프로 자유로운 삶을 살아가던 그들은 어딘가에 소속 된다는 것은 그리 탐탁하게 생각지 않았기 때문이었다.

하지만 스페셜팀의 일원이 된다면 마스터의 경지에 있는 최강훈에게 배울 수 있다고 하자 그들의 눈빛은 달라졌다. 특히 왕웅의 경우는 사부도 없이 책자로만 무공을 배운 경우라 제대로 된 스승의 지도가 절실했다.

더 이상의 제의는 필요 없었다. 둘은 스페셜팀의 연봉 및 근무 조건 등은 들어보지도 않은 채 무조건 받아들인다고 대답하였다.

　어차피 돈은 지금도 상당히 저축해 놨고, 지금 이 아머드 베어의 사체만 팔아도 꽤나 돈이 될 것이었다. 돈 보다는 배움에 대한 기회가 그들에게는 더 큰 가치였다.

　결국 신변을 정리하고 다음 주부터 KM 가드로 출근하는 것으로 합의를 하고 그들과 헤어졌다.

7장. 여행

NEO MODERN FANTASY STORY & ADVENTURE

# 현세귀환록

## 7장. 여행

"유리 누님, 서영이 누나는 괜찮을까요?"

"그래, 체내 마나를 바로 잡고 정화마법을 써뒀으니 괜찮을 거야. 한숨 자고 나면 별 문제 없을거야."

"휴~ 다행이네요. 그런데 누님 혹시 서영 누나가 저를 호출할 수 있는 마법기를 만들어주실 수 있으신가요?"

최강훈은 강서영이 괜찮다는 말에 곧장 아까 전 생각해 둔 마법기에 대한 이야기를 꺼냈다. 유리엘은 최강훈의 심정을 바로 이해하고 긍정적인 대답을 주었다.

"무슨 마음인지 알겠어. 그래, 서영이가 가진 마법기에 그런 기능을 추가해 둘게. 네게도 그 마법기와 연동되는 소환석을 줄테니까 가지고 다니고."

"감사합니다. 누님."

"아, 대신 소환할 때 네가 저항하면 마법이 깨지니까 소환석의 마나파장을 파악 하고 있어. 보통 무의식중에 이질적인 마나가 침습하면 저항하기 쉬우니까 말이야. 당연히 서영이 능력으로 널 강제로 소환하긴 힘들테고."

"알겠습니다. 누님."

역시 최강훈의 생각대로 유리엘은 전능했다. 그녀에게 불가능한 일이 있을 것이라는 생각은 들지 않았다.

유리엘과의 대화를 마치자 이번에는 강민에게 말을 걸었다.

"형님, 다크스타를 그대로 두실 생각이십니까?"

강민은 최강훈의 말에 대답도 않고 무심히 그를 바라보았다.

심연과도 같은 깊은 강민의 눈을 얼마간 마주하니 최강훈은 마치 끝을 알 수 없는 밤하늘을 보는 것과 같은 경외감이 들었다.

최강훈 그 자신도 마스터의 경지에 올라서 어느 정도 자신감이 붙었지만, 여전히 강민의 실력은 어느 정도에 있는지 가늠조차 되지 않았다.

아니 마스터에 오르기 전에는 막연히 짐작했는데, 그 자신이 마스터에 올라보니 과거의 짐작이 얼마나 터무니없는 것인지를 깨닫고 부끄러운 마음까지 들었다.

그런 최강훈의 심정을 아는지 모르는지 강민은 침묵을 깨고 입을 열었다.

"그래, 넌 어떻게 하였으면 좋겠느냐?"

"서영 누나가 피해를 입을 뻔 했지 않습니까? 어떤 식으로든 응징이 있어야 한다는 생각입니다."

이미 헌터가 된 최강훈은 다크스타의 행태들은 잘 알고 있었지만, 그가 직접 나서서 해결할 생각까지는 하지 않고 있었다. 유니온도 있고 위원회도 있었기 때문이었다.

하지만 강서영이 피해자가 될 뻔한 일이 벌어졌으니 상황은 달라졌다 할 수 있었다. 지금까지 다크스타와 은원(恩怨)이 없는 무관한 사이었다면, 이제부터는 그들과 해결해야하는 원(怨)이 생긴 것이었다.

"응징이라… 어느 정도의 수준을 생각하는 것이냐?"

문득 최강훈은 과거 이와 비슷한 대화를 나눴다는 생각이 들었다. 헤이안을 처리할 때도 어느 정도까지 복수를 할 것인지 강민이 물어보았기 때문이었다.

그 때의 생각이 난 최강훈은 잠시 생각하다가 대답을 하였다.

"모든 다크스타의 인원을 처리할 수는 없겠지요. 다만, 핵심 수뇌부라도 처리하여 그와 같은 사상을 가진 이능력자들이 단체를 이루는 것 정도는 막아야 하지 않을까 하는 생각입니다. 어차피 다크스타만 처리하면 카오틱에빌 성향의 대형 이능단체는 없다고 보아도 무방하지 않겠습니까?"

사실 다크스타는 설립 된지는 그리 오래 되지 않은 조직이었다. 하지만 그것은 다크스타라는 이름이 생긴 것을 의미하는 것이고 그 세부 구성원들은 과거부터 악명이 높던 카오틱에빌의 멤버들이었다.

지난 1년여간 위원회에서는 대대적으로 카오틱에빌 조직에 대한 숙청을 시작하였고, 많은 카오틱에빌 조직들이 위원회의 척살단에 의해 스러져갔다.

위원회의 공격전까지만 해도 위원회와 카오틱에빌 간에는 어느 정도 공존하는 분위기가 형성되었는데, 갑작스러운 위원회의 태도변화에 카오틱에빌 조직들은 당황하기 시작했다.

위원회의 공격에 유명 카오틱에빌 단체들의 1/3 이상이 사라지고 나자 카오틱에빌 조직들도 위기감을 느끼고 공동으로 대응하기 시작했다.

하지만 공동으로 대응한다 해도 위원회의 조직적인 공격에 흩어져 있던 카오틱에빌 조직들은 버티기가 힘들었고, 결국 2/3 이상의 조직들이 사라지고 나자 공동대응으로는 힘들고 단일한 하나의 조직이 되어야 한다는 공감대가 형성되었다.

그리하여 살아남은 카오틱에빌 중에서 가장 규모가 컸

던 세 단체를 중심으로 대부분의 카오틱에빌들이 모이기 시작했다.

그렇게 만들어진 단체가 다크스타였다. 이렇게 다크스타는 카오틱에빌 이능력자의 마지막 남은 별이 되었다.

이후, 다크스타는 무섭게 카오틱에빌들을 흡수하기 시작하였다. 이미 사라진 조직의 살아남은 조직원들도 상당수가 다크스타로 편입되었다.

그 결과 설립 6개월만에 과거 카오틱에빌 세력의 거의 절반 정도가 다크스타 아래로 들어왔다.

물론 독자적인 행보를 벌이는 소수의 조직이 있었으나 이들로는 대세에 영향을 미치기 힘들었고, 결국은 다크스타와 위원회의 싸움으로 좁혀졌다.

그렇게 창설된 다크스타는 과거 개별적인 조직과는 성향을 달리하였다. 단합이 되지 않는 개별적인 조직일 때에는 위원회 및 유니온의 공격에 제대로 된 대응을 하지 못했는데, 하나의 조직이 된 이후로는 정예 무력집단을 편성하여 방어뿐만 아니라 공격까지 하고 있는 상황이었다.

이번의 공격도 그런 대응의 일환이었다. 위원회와 유니온에서 다크스타를 견제하고 공격하듯이, 다크스타에서는 위원회와 유니온에서 권장하는 헌터시스템을 무력화시키기 위해서 공격에 나선 것이었다.

벌써 꽤 많은 헌터들이 이 다크스타의 공격에 살해당했기에 유니온에서는 긴급 구난팀까지 만들어서 운용하였다. 하지만 신출귀몰하게 헌터들만 살해하고 빠지는 식으로 일을 벌였기에 그 성과는 크지 않았다.

또한 본거지를 쳐서 수뇌부를 잡으려고 해도 과거에 드러났던 본거지는 모두 버리고 숨어버렸기에 잡을 수도 없는 상황이었다.

하지만 최강훈은 유리엘이라면 이 수뇌부들이 어디에 숨어있는지 알 수 있을 것이라고 생각했다. 그리고 당연하게도 유리엘은 이미 마나위성의 세부 스캔 모드를 통해서 숨겨진 다크스타 본부의 위치를 파악하고 있었다.

최강훈의 대답에 강민은 고개를 끄덕이며 말했다.

"역시 외부의 적이 감당하지 못할 만큼 강해지기 전까지는 내부의 투쟁이 더 중요하다는 것이군. 나중을 위해서라도 일원화 된 체계를 갖추는 것도 좋겠지."

다크스타 역시 이 세계의 이능력자였고, 차원 교차로 마물들이 유입되면 이 세계를 위해서 싸울 것이었다.

하지만 그들의 존재로 인하여 차원 교차 전까지 이런 소모전 양상이 벌어진다면, 그들이 없는 것이 나을 수도 있었다.

강민의 긍정적으로 이야기하자 최강훈은 반색하며 반문했다.

"그럼 그들을 처리하실 생각이십니까?"

"그래 수뇌부 정도는 처리하는 것이 이런 소모전을 방지할 수 있는 길일 수 있겠지."

"그럼…."

과거의 경험을 떠올리며 최강훈은 지금 바로 순간이동할 것이라 생각하며 유리엘을 바라보았다.

하지만 유리엘은 최강훈의 기대에 아랑곳 않고 강민을 바라보며 말했다.

"민, 이번에도 서영이가 적잖이 충격을 받은 것 같은데 여행으로 풀어주면 어때요?"

전에도 강서영이 여행에서 기운을 차린 경험이 있었기에 유리엘이 그것을 권하는 것이었다. 그녀의 말이 이어졌다.

"굳이 급한 것도 아닌데 바로 순간이동으로 가는 것보다, 전용기를 통해서 여행하는 겸 해서 같이 가죠. 서영이 기분도 풀어주고요. 어머님도 나가신지 오래 되었잖아요."

갑작스러운 유리엘의 제의에 강민이 동의하며 말했다.

"그것도 좋겠군. 그럼 이번 기회에 스페셜팀의 실력도 한 번 보자."

둘의 이야기를 듣던 최강훈은 강민이 스페셜팀을 언급하자 놀라며 반문했다.

"스페셜팀요?"

"그래, 1년여간 네가 가르쳤으니 좀 나아졌을 것 같은데. 이제 실전에서 그 실력을 보자고."

최강훈이 보기에는 아직 부족한 스페셜팀이었지만 언제까지나 대련으로 실력을 키울 수는 없는 노릇이었다. 실전을 병행해야 진정한 실력의 증진이 있을 것이었다.

"알겠습니다, 형님. 이번 여행에 동행할 수 있도록 준비하겠습니다."

그들의 이야기를 가만히 듣고 있던 정시아가 한 마디 하였다.

"오빠, 나도 가는 거죠?"

정시아는 회사일을 시작하면서 과거와 같은 반말보다는 반존대말을 사용하였는데, 그런 그녀가 귀여웠던지 강민이 그녀의 머리를 쓰다듬으며 말했다.

"그래, 서영이가 가니 너도 같이 가야 않겠어?"

"당연하죠. 오빠. 히히."

✢

쾅~!

평소 깔끔한 모습만을 보이던 현승그룹의 사장 유태우가 보기 드문 흥분한 모습을 보이며 책상을 내리쳤다. 그런 유태우의 모습에 보고하러 들어왔던 그런 모습을 종종 보았는지 그리 놀라지도 않은 채 시립하고 있었다.

"또 복천(復天)놈들이냐?"

"그렇습니다."

"피해액은 어느 정도지?"

"이번엔 마물의 사체를 보관한 곳이 타겟이 된 지라 피해액이 좀 큰데…."

"이 실장! 내가 그 금액이 큰지 몰라서 묻는 것이야? 묻는 말에나 답해! 대체 얼마야!"

더 큰 목소리를 내는 유태우의 반응에 이 실장은 여전히 표정의 변화 하나 없이 침착히 대답했다.

"마물 사체만 2천억원 가량의 손실이고, 마나 장비 가공 시설까지 다 포함하면 5천억원 정도의 손실입니다."

"허… 전부 손실이라는 말인가…."

5천억원이라는 이야기에 머리를 짚으며 중얼거렸다. 현승그룹은 자산은 수백조원 규모에 달하지만, 실제 회장 일가의 재산은 구성원 모두의 재산을 합치더라도 20조원 정도에 불과하다.

그 중 유태우의 재산은 몇 조원에 그칠 것이다. 이런 상황에서 5천억원 가량의 손실은 재계 2위 현승그룹의 사장이라 하더라도 쉽게 넘길 수 있는 금액이 아니었다.

잠시 생각을 가다듬던 유태우는 어느 정도 진정이 되었는지 이 실장에게 다시 말을 건넸다.

"연구실의 직원들은 어떻게 되었나?"

"연구원 및 경호원들까지 모두 다 살해당했습니다.

복천이라는 이야기를 들었을 때부터 짐작했던 일이었다. 천왕가의 재건을 목표로 내세우는 복천이 직접적인 원수인 현승의 직원들을 살려뒀을 가능성은 없었다.

물론 그 직원들 중 연구원 같은 경우는 현승과 천왕가 사이의 관계도 없는 무고한 사람이었으나 이미 복수에 눈이 먼 복천에서 그들을 살려 줄 이유는 없었다.

3개월 전부터 복천이라는 집단에서 현승 그룹을 공격하기 시작했다. 최초의 공격은 한남동에 있는 유현승의 본가를 습격하는 것으로 시작되었다.

그러나 한남동에는 S포스의 최정예요원들이 자리하고 있었고, 습격이 발생하자마자 S포스의 기동타격대가 긴급 출동하여 결국 복천의 살수들은 원하는 목적을 달성하지 못하고 패퇴하고 말았다.

이때까지만 하더라도 복천이라는 집단이 그들을 공격하는지도 몰랐다. 다만 이능력자들의 공격이기에 마나 장비나 마법진 등을 이용해서 보호를 좀 더 철저히 했을 뿐이었다.

복천이 그들을 노리고 있는 것을 알게 된 것은 2차 공격 때였다. 2차 공격은 현승의 주력 산업인 현승 전자를 노리고 진행되었다.

모두가 퇴근하고 난 평일 새벽에 현승 전자의 이천 사업장이 화재로 인하여 상당부분 불에 타 버렸다. 인명피해는 없었으나 재산피해는 천억원이 넘는 큰 규모였다.

그리고 공장의 벽면에는 천왕의 이름으로 배신자들은 처단한다는 문구가 쓰여 있었으며, 하단에는 복천이라는 이름이 남겨져 있었다.

이후로는 복천이라는 이름으로 그들을 부르기 시작했는데, 이후로도 3차례의 공격이 더 있었다. 그로 인해 발생한 재산상의 손실만 천억원이 넘었다.

이미 본가가 사라져버린 천왕가에 비해서 현승은 가진 것이 많았다. 그래서 지킬 것도 많았다. 이 때문에 처음에 현승은 과거에 합작을 했던 유니온에게 보호를 요청했다.

하지만 유니온도 한가하지가 않았다. 더군다나 차원교차와 웜홀의 폭주 등 굵직굵직한 사안들을 처리해야 하는 벤자민은 더 이상 세력 간의 다툼에 개입하지 않겠다는 선언을 하였다.

정예들을 다 잃어버린 천왕, 아니 복천이었지만, 그래도 상당수의 이능력자들은 남아 있었다.

그리고 지킬 곳이 많은 현승은 가지고 있는 S포스만으로는 모든 곳을 지킬 수가 없었다. 이대로 진흙탕 싸움으로 간다면 현승이 훨씬 손해가 큰 싸움이었다. 하지만 현승 역시 가만히 있지는 않았다. 적극적인 언론 플레이를 하기 시작한 것이었다.

지금 유니온에서는 이능력자들이 사회위험분자로 취급 받는 것을 꺼리고 있는 상황이었다.

이런 상황에서 현승이 이능력자들이 자신을 공격한다는 식의 언론 플레이는 유니온의 의도를 완전히 깨부수는 치명적인 일격이었다.

결국 유니온에서 중재에 나섰다. 복천 자체가 카오틱에 빌을 천명하지 않고 옛 천왕의 이름을 사용하며 유니온의 멤버로 등록 되어 있었기에 가능한 일이었다.

복천과 현승을 직접 만나게 할 수는 없었지만, 유니온의 중재를 통해서 복천은 이능세계와 관련이 없는 시설이나 사람에 대한 공격을 멈추기로 하였다. 그리고 현승은 이능력자들이 위험하다는 식의 언론 플레이는 하지 않기로 하였다.

다만, 이능과 관련이 있는 시설에 대한 공격이나 현승가 자체에 대한 공격은 세력 간의 분쟁으로 유니온에서 개입하지 않는 것으로 결론을 내렸다.

복천에서는 분쟁 상황임을 명확히 밝히고 자신들의 공격에 대한 정당성을 확보 받았기에 만족할 수 있었고, 현승 또한 광범위한 공격가능 대상을 소수의 이능 관련 부분으로 공격을 제한 할 수 있었기 때문에 그리 불만은 없었다.

이런 협상이 이루어졌기 때문에 이번 마나 장비 생산시설에 대한 공격은 유니온의 중재가 허용하는 범위 안에서 한 공격이라 현승도 유니온에 항의 할 수 있는 사안이 아니었다.

"안 되겠어… 전보다 지킬 범위는 줄었지만, S포스만으로는 다 커버하기가 힘들군. 이 실장, 이능력자 단체 중에서 경호를 맡길 만한 곳은 없나? 지금 너무 강한 단체가 들어온다면 오히려 우리가 먹힐 수 있으니 철검회 같은 그레이울프 중에서 찾아보게."

유태우의 말에 잠시 머리를 굴리던 이 실장은 이내 고개를 흔들며 대답했다.

"애초에 그레이울프들은 집단생활에 맞지 않아서 뛰쳐나간 인물들이다보니 단체를 이루어서 활동하는 경우는 드뭅니다. 지금 고용한 철검회도 어렵게 수소문해서 구했지 않습니까?"

"끄응… 뭐 좋은 방법이 없겠는가?"

"음… 차라리 역습은 어떻습니까?"

"역습?"

"그렇습니다. 결국은 복천 놈들을 다 처리해야 끝날 싸움이라면 지키는 것이 아니라 적극적인 공격에 나서야 할 필요도 있지 않겠습니까?"

지금까지 유태우는 지키는 것만 생각하다보니 시야가 좁아져 있었다. 더군다나 지키는 것만 해도 인원이 부족하다 보니 공격에 나서는 것까지는 생각하지 못했다.

"흐음… 역습이라… 그런데 의뢰할 만한 단체가 있을까? 아무래도 유니온 멤버들이라면 다른 집단의 분쟁에 개입하려 하지 않을 것인데 말이야. 그레이울프들을 모아야 할까? 공격은 장기 임무가 아니니 모으기 어렵지 않을 것 같은데 말이야."

그런 그의 말에 이 실장은 유태우 가까이 몸을 숙인 후 목소리를 낮추고 말했다.

"비밀리에 카오틱에빌에 의뢰를 하는 것은 어떻겠습니까? 어중이떠중이 같은 그레이울프들을 모으는 것 보다는 확실할 것 같습니다만."

카오틱에빌이라는 말에 지금껏 서류를 보고 있던 유태우는 서류에서 눈을 떼고 이 실장을 바라보며 말했다.

"카오틱에빌? 이 실장, 진심으로 하는 이야기인가?"

유니온의 멤버가 카오틱에빌과 거래를 한다는 것은 더 이상 멤버의 자격을 유지할 수 없는 중대 사안이었다. 카오틱에빌은 유니온의 적대 집단이기 때문이었다.

물론 드러나지 않는다면 문제 될 것은 없었다. 실제로 유니온의 멤버 중에서도 신분을 감추고 암암리에 거래를 하는 경우가 종종 있었다.

하지만 그 위험성이 없는 것은 아니었다. 아니 위험하기에 신분을 감추고 하는 것이리라.

유태우의 말에 이 실장은 더 목소리를 낮추며 이야기를

이어갔다.

"어차피 유니온의 다른 멤버들도 몰래 몰래 의뢰를 하고 있지 않습니까? 너무 심각하게 생각하실 필요는 없을 것 같습니다."

"흐음… 우리와 협력하고 있는 철검회에서 의뢰를 하는 건 어떤가?"

"철검회는 그레이울프지만 유니온쪽 성향에 가까워서 그렇게 한다면 오히려 노출될 가능성이 더 높을 수도 있습니다. 차라리 밑에 직원을 시켜서 의뢰하는 식으로 하는 것이 낫겠지요."

곰곰이 생각하던 유태우는 결정을 내렸는지 고개를 끄덕이며 이 실장에게 말했다.

"그럼 어디에 의뢰를 할 건가? 다크스타?"

지금은 왠만한 카오틱에빌 그룹들은 위원회의 철퇴를 맞은지라 유태우의 머리에는 다크스타 밖에 떠오르지 않았다.

하지만 이 실장은 무슨 소리를 하냐는 표정으로 유태우를 보며 대답했다.

"다크스타에 의뢰했다가 현승이 통으로 넘어 갈 수도 있습니다. 거기는 너무 위험하지요."

"그럼 어디에?"

"중국 쪽에 혈마단이 나름 소수 정예로 구성되어 이름

을 날리고 있다더군요. 소수에 불과하다보니 위원회나 유니온에서도 아직까지는 신경 쓰지 않고 있다고 합니다."

"쓰지 않는 것이 아니라 쓰지 못하는 것이겠지. 아무래도 다크스타에 집중하고 있으니 말이야."

"뭐 어쨌든 나름 이름이 있으니 한번 의뢰해보는 것이 어떻겠습니까?"

"그래 알겠네. 이 실장이 한번 추진해보게. 대신 우리 현승의 이름이 새어나가서는 안 될 것이야."

"알겠습니다. 부회장님."

⁜

한 두 나라만을 가는 여행이 아니다보니 준비할 것들이 많았다. 거기다가 세 달 일정으로 장기간 자리를 비우는 것이다 보니 강민이나 강서영이나 회사 업무에 대한 위임이 필요했다.

강민이야 장태성 실장에게 맡기면 되는 일이었지만, 강서영 같은 경우는 아직은 믿고 맡길 만한 측근이 없어서 그녀는 이 장기여행을 다소 망설이고 있었다.

"오빠, 나 정말 괜찮으니까 그냥 일주일 정도 일정으로 동남아나 갔다오면 안 돼? 진행하는 사업도 많은데 내가 빠지면 안 될 것 같단 말야."

지금도 강서영은 강민을 설득 중이었다. 사실 그녀가 이렇게 부탁할 때 강민이 들어주지 않은 경우는 극히 드물었다. 그러나 지금이 그 드문 경우 중의 하나였다.

　"리더는 중요한 의사결정만 하면 되는 자리야. 세부적인 내용은 실무자가 알아서 하는 거지. 해외에 나간다 해서 연락 안 되는 거 아니니까 중요한 사항은 네게 전화하라고 하면 될 거 아냐. 정 믿을만한 사람이 없다면 자리를 비운 동안은 장실장에게 같이 좀 봐달라고 부탁하지 뭐."

　드물게 완고한 강민의 말에 강서영은 한숨을 내쉬며 말했다.

　"휴… 내가 괜찮다는데 대체 왜 그렇게 여행을 가려고 하는 거야?"

　반쯤은 항복한 그녀의 말에 이번에는 유리엘이 대답했다.

　"서영아. 네가 이번 일로 충격 받았을 것 같아서 기분 전환하는 목적도 있지만, 민이 정말 원하는 건 가족끼리 좋은 시간을 보내고 싶어서야. 전에 제주도 갔을 때에도 좋았잖아. 어머님도 좋아하셨고 말이야."

　강서영 역시 과거 제주도 여행에서 좋았던 기억이 떠올랐다. 그리고 그 당시 어머니 한미애가 좋아했던 것 또한 같이 떠오르며 왠지 모를 아련한 기분이 들었다.

　그런 그녀의 분위기를 느꼈는지 유리엘이 말을 이었다.

"우리가 돈을 벌려고 모든 시간을 투자해야 하는 것도 아닌데, 이렇게 가족끼리 오붓한 시간을 가질 필요도 있지 않겠어? 안 그래도 최근에 네가 재단일로 바빠서 어머님께서 좀 서운해 하시는 눈치던데 말이야."

"아…."

실제로 강서영은 최근 드림시티 사업 건으로 인해서 정말 바쁜 나날을 보내는 지라 한미애와 대화하는 시간조차 많이 만들지 못했기에, 유리엘의 말에 반박을 할 수도 없었다.

"그러니까. 이번엔 널 위해서가 아니라 어머님을 위해서라 생각하고 시간 좀 내주렴. 응?"

"…네, 언니. 언니가 그렇게 까지 말하니까 제가 거절할 명분이 없네요."

"호호호, 잘 됐네. 그리고 강훈이 하고 시아도 데려갈테니 저번 제주도 여행보다는 좀 더 북적북적하게 다닐 수 있겠다."

이미 가는 것으로 마음을 먹고 있었지만, 최강훈 또한 같이 간다고 하니 강서영의 마음이 한결 더 가는 쪽으로 기울었다. 전에 일본 출장 때 같이 한 좋은 기억 또한 떠올랐기 때문이었다.

"근데 수아랑 수강이는 아무래도 같이 못가겠죠?"

"그렇겠지. 아직도 유키가 정신을 차리지 못하고 있으니 말이야. 1년이나 지났으니 이제는 정신을 차릴 때도 되었는데, 생각보다 영혼이 유약한 편이었나봐. 상황을 봐서 내년까지 정신을 못 차리면 강제 안착을 해보던지 해야겠어."

"전에 강제안착은 3년이 지나면 한다고 하지 않았어요, 언니?"

"지리산에서 좋은 기운을 많이 받아들이고 있으니 1년 정도 앞당겨도 될 것 같아."

현재 한수강, 한수아 그리고 아직 정신을 차리지 못하고 있는 유키는 지리산에 있는 별장에서 같이 생활하고 있었다.

이는 유키의 영혼의 안착이 생각보다 많이 지연되었기 때문에 생긴 일이었다. 처음에는 서울에서 유키가 정신을 차리는 것을 기다리고 있었는데, 두 달, 세 달이 넘어가도 정신을 차리지 못하자 유리엘이 한 가지 제안을 하였다.

유리엘의 제안은 천기(天氣)와 지기(地氣)가 유통하는 곳에 머물고 있으면 좀 더 빠른 시간에 영혼이 안착될 수 있을 것이라 하였고, 그 곳으로 지리산을 추천하였다.

그래서 한수강은 유리를 데리고 지리산에 있는 강민의 별장으로 이동하려 하였는데, 한수아가 둘과 함께 있고 싶다고 학교까지 휴학을 하고 지리산으로 같이 움직였다. 아무래도 오랫동안 떨어져있던 동생과 더 이상 떨어지기 싫었던 것 같았다.

이런 상황에서 장기간 유키를 홀로두고 한수강과 한수아가 자리를 비울 수는 없었기에 이번 여행에 같이 가는 것은 무리일 것 같다는 이야기였다.

어쨌든 이렇게 강서영이 가는 것으로 마음을 굳히자, 강민이 간단한 일정을 말했다.

"하여튼, 잘 생각했다. 출발은 보름 뒤고, 일단은 미국부터 시작해서 유럽, 중동, 중국을 거쳐서 다시 우리나라로 들어 올 생각이야."

강민은 다크스타의 수뇌부를 처리하는 것보다 가족끼리 여행을 가는 것이 더 중요했기에 한번 나서는 김에 웬만한 주요 국가들은 들리고 오려고 마음을 먹고 있었다.

"뭐? 그렇게나 많이?"

해외로 3개월 정도 나간다는 이야기만 들었지 어느 나라를 어떻게 간다는 것까지는 몰랐기에 강서영은 놀라면서 반문했다.

하지만 강민은 그런 그녀의 반응에도 개의치 않고 말을 이었다.

"상황에 따라서 남미나 아프리카, 인도 같은 곳도 들릴 수 있으니까 느긋하게 마음먹고 가도록 해. 이번 기회에 네가 예전부터 노래 부르던 해외여행 실컷 시켜 줄테니까."

실제로 제주도 여행 이후로 강서영은 해외여행을 가고 싶다는 식으로 이야기를 하곤 하였으나, 그녀가 KM 그룹

에 입사를 하고나니 그럴만한 시간이 나지 않아 정작 해외
로 가보지는 못했다. 그래서 해외여행은 이번이 처음이었
다.

처음에는 망설였지만, 막상 3개월씩이나 길게 해외여행
을 나간다고 생각하니 강서영은 설레는 마음이 들었다.

왠지 모를 기대감이 보이는 강서영의 표정을 보던 강민
은 피식 웃으며 그녀에게 말했다.

"아, 몰디브는 일정에서 뺐어. 거긴 네가 신혼여행으로
간다고 했으니까 말이야. 나중에 강훈이랑 가봐."

아직은 먼 이야기였지만 강민이 최강훈과의 신혼여행을
운운하자 강서영은 얼굴이 달아오르며 빽하고 소리를 질
렀다.

"오빠!"

"하하하~"

그런 그녀의 모습에 강민과 유리엘은 웃음이 터져나왔
다.

✤

LA 공항에서 입국 절차는 간단하게 진행되었다. 한국에
서 세 손가락 안에 드는 KM 그룹의 회장 일가와 수행원들
이기 때문은 아니었다.

오히려 최강훈의 블랙 헌터 카드가 더 위력을 발휘하였다. 기본적으로 레드카드 이상을 가진 헌터들은 출입국 심사 시 외교관급 대우를 받을 수 있도록 유니온에서 조치를 취해놓았다.

각 국가에서도 고위급 헌터에게 좋은 이미지를 심어줄 경우 향후 도움을 받을 수도 있었기 때문에 그런 조치에 적극적인 협조를 하고 있었다.

이런 상황에서 아직 전 세계적으로 몇 장 발급되지 않은 블랙카드를 가진 최강훈은 그 중에서도 특급대우를 받았다. 이례적으로 동행한 인원 모두를 외교관급 대우를 하며 편하게 출입국 심사대를 통과하였다.

블랙카드의 헌터라는 것 자체가 전술급 핵병기를 능가하는 위력을 가지고 있으니 신체검색이나 수화물 검색도 간단히 처리해버렸다.

어차피 전용기이기 때문에 출입국 심사가 오래 걸리지도 않았으나, 일종의 기분문제였다. 그만큼 최강훈을 대우해준다는 것을 표현하는 것이었다.

"강훈이가 있으니 편하네. 히히."

"그래, 남자친구 잘 뒀네."

강민이 최강훈을 칭찬하는 듯 하는 뉘앙스의 말을 하자 강서영은 어깨를 으쓱하면서 만족한다는 표시를 하였다.

하지만 최강훈의 표정은 쑥스러움이 가득했다. 마치 번

데기 앞에서 주름을 잡는 것과 같은 기분이 들었기 때문이
었다.

강민이 약간이라도 힘을 발휘한다면 자신과 같은 능력
자가 수십, 수백명이 몰려들어도 어찌하지 못할 강자라는
것을 알기에 더 그랬다.

그런 최강훈의 기분도 모르는 채 강서영은 최강훈이 인
정받는 것에 기분이 좋아서 얼굴에 미소를 띠고 있었다.

강민 일행은 리무진 2대에 나누어 타고 공항에서 시내
로 이동하였다. 아무래도 스페셜팀까지 함께 움직이다보
니 한 대로는 자리가 부족해서였다.

"오빠 그럼 K 호텔로 가는거야?"

"그래, 우리 호텔이 있는데 굳이 다른 곳에 묵을 필요는
없으니까."

"서울에 있는 K 호텔은 가봤는데 LA는 어떠려나."

"호텔이 거기서 거기지 뭐."

강민이 무심히 말하는 것과는 달리 KM 호텔체인은 자
산이 10조원이 넘는 세계적인 호텔 체인이었다.

세계 70여개 국가에 400개 이상의 호텔 및 리조트를 가
지고 있는 KM 호텔체인은 럭셔리 호텔을 표방한 K 호텔
과 비즈니스 호텔을 표방한 M 호텔로 나누어서 운영 중이
었다. 지금 일행이 가는 곳은 당연히 럭셔리 K 호텔이었
다.

사실 호텔 체인의 매입은 강민의 즉흥적인 발상에 의해서 일어난 일이었다. 몇 년 전 제주도 여행에서 돌아오는 길에 강서영은 해외여행을 가고 싶다는 이야기를 했었다.

　그 말을 기억한 강민은 나중에 가족끼리 해외여행을 다닐 것 대비하여 세계 각국의 호텔들을 매입할 것을 지시하였고, 실무부서에서는 주요국가의 호텔 십여개를 매수하였다.

　나중에 이 사안을 알게 된 장태성 실장은 강민이 본격적으로 호텔업에 뛰어드는 것으로 생각하여 개별적으로 호텔을 매수하는 것보다 이후 차라리 시스템이 잘 이루어져 있는 유명 호텔 체인을 매입하는 것이 나을 수 있다는 조언을 하였다.

　그리고 이왕 호텔을 구매하였기에 호텔업을 하는 것도 괜찮다고 판단한 강민은 그 조언을 받아들여 몇 개의 호텔 체인을 매입하였고, 결국 이런 규모의 KM 호텔체인을 만들게 된 것이었다.

　하지만 정작 호텔 체인을 만들고 제대로 사용한 적은 별로 없었다. 강민이나 유리엘은 순간이동으로 전세계를 움직일 수 있었기 때문에 호텔을 사용할 필요가 없었다.

　강서영은 친구들과 서울에 있는 K 호텔은 종종 이용하였으나 해외로 나오는 것은 처음이었고, 한미애만이 동남아 쪽에 있는 K 호텔을 네 차례 다녀온 경험이 있었다.

즉, 강민이 호텔 체인을 만든지는 벌써 몇 년이나 지났지만, 처음으로 가족여행에 활용한다는 최초의 목적을 달성하게 되었다.

K 호텔에 도착하니 호텔 총지배인과 임원들이 일행을 영접하기 위해서 도열해 있었다. 아무래도 그룹 오너 일가의 첫 방문인데 좋은 인상을 주고 싶었던 것 같았다.

"어서 오십시오, 회장님. 로스 엔젤레스 K호텔 총지배인 사무엘 리딕입니다."

정중한 사무엘의 인사에 강민도 인사를 받으며 악수를 청했다.

"반갑습니다. 미스터 리딕."

"사무엘, 아니 샘이라고 불러주십시오."

"그러지요, 샘. 일단 로비에서 이러는 것보다는 방으로 올라가죠."

가족끼리의 여행이라 밝혔지만 그룹 오너의 첫 방문이었기에 샘은 엘리베이터를 타고 올라가는 동안 간단한 현황보고를 하였다.

"분기 매출액은 전년대비 소폭 감소하였으나, 영업이익은 고급화 전략에 따라서 전년대비 상승하였습니다. 그리고…."

샘의 말이 길어질 것 같자 강민이 잠시 손을 들어 그의 말을 끊었다.

"샘, 아까도 말했지만, 전 이곳에 가족여행을 왔습니다. 업무적인 부분은 향후 별도로 검토하도록 하지요."

"아… 죄송합니다, 회장님. 숙소로 바로 모시겠습니다."

샘이 안내한 객실은 호텔에서 가장 높은 층의 오션뷰 스위트룸으로 안내했다. KM 호텔 체인의 럭셔리 호텔인 K 호텔은 하나의 원칙이 있었는데, 최고층 스위트룸은 항시 스텐바이 한 상태로 비워둬야 한다는 것이었다.

언제 어떤 식으로 강민이 여행을 갈지 모르기 때문에 해 놓은 조치였다. 어차피 호텔로 돈을 벌기 위한 것이 아니기 때문에 얼마든지 가능한 조치라 할 수 있었다.

지금도 방문을 열고 들어서자 스위트룸의 통유리 거실 전면으로 산타모니카 해변이 쫘악 펼쳐져 있었다. 태평양의 끝없는 푸른 바다가 어쩐지 가슴을 설레게 하는 것 같은 광경이었다.

"와~ 멋있다~"

아니나 다를까 강서영도 전면의 바다를 보자마자 탄성을 질렀다.

"동남아랑은 뭔가 다른 분위기구나."

어머니 한미애도 같은 바다지만 태평양의 광활한 바다를 보니 뭔가 다른 것이 느껴지는지 흐뭇한 미소로 바다를 바라보았다.

"일단 좀 쉬고 저녁에 다운타운 투어를 하자. 여기 직원이 가이드하기로 했지만, 가고 싶은 곳이 있으면 미리 파악해두면 그리로 안내하라고 할게."

"헐리우드! 특히, 명예의 거리에 가보고 싶어. 영화배우 손바닥 있는 차이니즈 시어터도 가고 싶고."

강서영은 전부터 생각해왔던 헐리우드의 거리를 걸어보고 싶어서 그 이야기부터 꺼냈다.

"그래, 알겠어. 혹시 더 가고 싶은 곳들 생각나면 나중에 말해."

❖

"엥? 이게 다야?"

헐리우드의 거리를 걷던 강서영은 실망스러운 표정으로 그녀가 걸어온 길을 돌아보았다. 헐리우드 명예의 거리는 별모양에 스타의 이름을 새겨놓은 바닥이 약 2km 정도 이어진 길이었다. 헐리우드의 대표적인 관광거리였지만 강서영은 뭔가 더 기대했던 건지 실망했다는 듯 말했다.

"이야기로 들었을 때에는 뭔가 정말 대단할 것 같았는데…."

"하하. 여기 또 명예의 거리에 실망하신 분이 늘었군요. 그래도 차이니즈 시어터 앞에 있는 스타들의 손바닥은 그리 실망하시지 않을 겁니다."

오늘 일행의 가이드는 샘이 직접 나섰다. 아무래도 개인적인 여행이라는 이유로 업무보고를 받지 않은 강민에게 아무런 인상도 남기지 못한 것이 마음에 걸렸는지, 가이드를 할 직원을 구해달라는 요청에 자신이 직접 나선 것이었다.

"그래요? 샘 아저씨 그럼 어서 그리로 가요!"

일행에게 살갑게 대하는 샘에게 강서영은 어느새 마치 오래 본 사이인 것처럼 편하게 말하고 있었다.

이미 지도를 보아서 위치는 알고 있었는지 강서영은 마치 여행을 처음 온 대학생처럼 들뜬 모습으로 차이니즈 씨어터로 뛰어갔고, 최강훈은 서둘러 그녀의 뒤를 쫓았다.

그런 둘의 모습을 강민과 유리엘, 그리고 한미애는 따뜻한 미소로 바라보고 있었다.

샘은 단순 가이드를 넘어 강민 일행의 여러 가지 편의를 보아주고 있었는데, 저녁식사 또한 미슐랭 2스타를 받은 프로비던스라는 레스토랑을 예약해두어 강민을 흐뭇하게 만들어 주었다.

식사까지 마치고 좀 더 LA 시내를 구경하던 강민 일행은 다음날을 기약하며 숙소로 돌아갔는데, 숙소에는 익숙한 얼굴이 강민 일행을 기다리고 있었다.

기다리는 사람은 유니온의 총재 벤자민이었다. 한미애

나 강서영은 벤자민을 몰랐기에 강민은 스위트룸에 마련된 응접실에서 유리엘과 함께 그를 맞았다.

"여기까지는 웬일인가, 벤자민."

"반갑습니다. 강민 회장님. 미국에 오신다면 제게 말해주시지 그랬습니까? 그랬으면 마나능력이 없는 가족 분들은 순간이동 마법진을 사용하시기 힘드실테니, 유니온 전용 초음속 비행기라도 보내드렸을 텐데 말입니다."

"빨리 오려 했다면 그런 것 필요 없이 순간이동으로 왔겠지."

유니온은 주요국가의 핵심도시에는 순간이동 마법진을 설치해 놓고 있었다. 하지만 장거리 순간이동을 견디려면 일정 이상의 마나능력이 필요했기에 일반인들은 사용이 불가능하였다. 물론 대다수의 일반인들은 이런 마법진의 존재자체도 모르겠지만 말이다.

또한, 유니온의 멤버라 하더라도 그 마법진을 이용하는데 사용되는 마나나 마정석은 본인이 부담하여야 했기 때문에 상당한 마력부담이나 비용이 들었다. 즉, 모든 유니온의 멤버들이 자유로이 사용할 수 있는 이동수단은 아니었다.

하지만, 강민에게는 그럴 필요가 없었다. 이동대상의 마나능력이 있든 없든, 이동거리가 어느 정도이든 관계없이 유리엘의 능력이라면 순식간에 이동할 수 있었다.

강민의 대답에 벤자민은 강민과 유리엘이라면 그럴 수 있다고 생각하며 고개를 끄덕였다. 그런 벤자민의 모습을 보던 강민이 다시 물었다.

"그런데 단순 인사를 위해서 온 것인가? 인사를 하려고 여기까지 왔다고 하기엔 좀 과한 것 같은데 말이야."

급변하는 이능세계에서 유니온 총재의 자리는 너무나도 바쁜 자리였다. 단순히 인사를 위해서 이렇게 자리를 비우기에는 그 자리가 주는 무게감이 너무 크다고 할 수 있었다.

하지만 벤자민은 아무것도 아니라는 듯 너스레를 떨면서 대답했다.

"주요 도시 간에는 순간이동 마법진이 설치되어 있어서 거리는 멀어도 금방 움직일 수 있지요. 더군다나 미국까지 오셨는데 당연히 제가 와봐야지요, 하하."

이제 총재의 자리에 오른지도 꽤 시일이 지났기에 벤자민도 이런 정치적인 쇼맨쉽이 어색하지는 않았다.

"인사치례는 됐고, 무슨 일이야?"

"… 제가 먼저 여쭈어도 되겠는지… 혹시 이번 여행이 단순 가족 여행이 아니라 다른 목적이 있으신지요?"

벤자민의 입장으로는 당연히 물을 수 있는 질문이었다. 다른 사람은 모르지만 벤자민의 강민과 유리엘의 강력함을, 퍼니셔의 강력함을 알고 있었다. 마스터급, 그것도 갓 마스터에 오른 사람도 아닌 마스터로서의 강함을 오랜 시간동안 보였던 쇼군과 앤더슨을 처리한 퍼니셔였다.

쇼군을 처리할 때는 직접보지는 못했지만, 앤더슨을 처리하는 모습은 직접 목격했다. 그리고 마치 어린 아이를 상대하듯 쉽게 그를 상대하는 것을 보았기에 벤자민은 퍼니셔의 강함을 어느 정도는 짐작하고 있었다.

그렇기 때문에 만일 퍼니셔가 단순 여행이 아니라 이능 세계에 영향을 줄 수 있는 다른 목적으로 이곳까지 온 것이면 그에게는 사실을 파악할 필요가 있었다.

하지만 그것은 비슷하거나 더 우위에 있는 능력이 있는 경우에나 가능한 일이지, 약자가 강자에게 물을 수 있는 질문은 아니었다.

그래서 그런지 강민은 벤자민의 질문에 대답도 하지 않은 채 그저 그를 물끄러미 바라보았다. 강민이 마나를 끌어올리지 않았음에도, 벤자민은 영혼이 죄여들며 숨도 쉴 수 없는 것과 같은 압박감을 느꼈다.

잠시간의 시간 밖에 흐르지 않았지만, 벤자민은 마치 몇 시간이나 지나간 듯한 느낌을 받았다.

그런 벤자민의 모습을 보던 강민이 무심히 입을 열었다.

"…내가 그런 이야기까지 네게 해야 하는 것인가?"

강민은 강자였다. 그리고 강자는 구구절절하게 약자에게 설명할 필요는 없었다.

그제야 자신이 주제넘는 질문을 했음을, 그리고 자신의 말이 기분 나쁘게 들릴 수도 있었음을 깨달은 벤자민은 숨을 헐떡이며 서둘러 사죄의 말을 하였다.

"허억… 헉… 아… 아닙니다. 다만…."

"다만?"

벤자민은 신속하게 머리를 굴렸다. 그와 같은 강자의 심기를 불편하게 할 수는 없었다.

만약 지금이라도 유리엘이 제공하고 있는 웜홀에 대한 정보를 끊는다면 모든 이능세계와 일반세계에 마비가 올지도 몰랐다. 그래서 최초의 의도를 감추고 벤자민은 재빨리 말을 덧붙였다.

"혹시 일반적인 여행이 아니라, 이능과 관계된 일을 하신다면 얼마든지 유니온의 시설이나 힘을 사용하셔도 된다는 말씀을 드리려고 했습니다. 아무래도 강민님은 드러나지 않았으니 정체를 드러내시지 않으면서 이능세계에서 움직이시려면 제한적인 부분이 있을 수도 있지 않겠습니까? 하.하.하."

벤자민은 어색한 웃음으로 말을 끝마쳤다. 머리 밑에는 식은 땀까지 맺혀있는 것 같았다.

강민은 최초 그의 질문 의도가 무엇인지, 그리고 이제와 이렇게 둘러대는 이유를 너무나 잘 알고 있었지만, 굳이 그런 생각을 드러내지 않았다.

그가 드러내지 않는다고 해도 벤자민은 강민이 모른 척 해주는 것을 알고 있었을 것이었다.

말을 마친 벤자민은 품속에서 금빛의 카드를 꺼내었다.

"여기…."

"이게 뭔가?"

"이 골든 카드는 유니온의 VIP라는 것을 증명해주는 카드입니다. 헌터 시스템과도 연동되어 있으니 헌터 카드로도 쓸 수 있지요. 위원회의 위원들과 같은 등급의 카드입니다."

"그렇군."

그에게 건네받은 카드를 살펴보는 강민을 보던 벤자민이 조심스럽게 말을 이었다.

"그런데 말입니다. 위원회에서 강민님을 한번 뵙고자 하는데…."

"이 이야기는 끝난 것 아닌가?"

"네, 위원회의 공식적인 요청은 강민님의 말씀을 전달하며 거절했었습니다. 그런데 이번에는 위원의 개별적인 요청이었습니다."

"개별적이라… 누군가?"

"위원회의 의장인, 올림포스의 수장 메르딘과 백두일맥의 가주 백무성입니다."

"이유는?"

"이유까지는 구체적으로 제게 말하지 않았는데, 메르딘 의장의 경우에는 아무래도 아직 그 때 그 인식장애를 해제하지 못하고 있다보니 마법에 대한 이야기를 나누고 싶어 하는 것 같았습니다. 만나준다면 가능한 차원에서 모든 것을 들어준다고 하는 것 보니 말입니다."

"그럼 백무성은?"

"그게… 조금 의아합니다. 사실 백무성 가주는 위원회의 위원이긴 하였으나 최초 위원회에 참여할 때를 제외하고는 말이나 행동을 한 적이 극히 드물었습니다. 저도 이번에 처음으로 따로 만나 이야기를 나눠보았지요. 일단 연락처만 전달해주며 한번 꼭 뵙고 싶다고 하더군요. 저도 무슨 이유로 강민님을 뵙고 싶어 하는지 파악하지 못했습니다."

메르딘 의장을 만나는 것에는 별로 관심이 없었지만, 백두일맥의 가주를 만나는 것은 약간 흥미가 갔다.

그 흥미라는 것은 별 것 아니었다. 아무래도 강민이 한국인이다 보니 한국의 최강자라고 할 수 있는 백무성에 대한 단순한 호기심 정도였다.

"그리 관심가지 않는군. 다음에 관심이 생기면 연락하던지 하지."

"네, 알겠습니다."

벤자민이 강민을 강제할 수는 없는 노릇이었다. 위원회

의 위원들이 독촉은 하겠지만, 그로서는 할 수 있는 일이
없었다.

"그리고 이곳으로 온 이유는 여행의 목적도 있지만, 다
크스타의 수뇌부를 처리하기 위한 목적도 있지."

"네?"

갑작스러운 강민의 말에 벤자민은 깜짝 놀라며 반문했다.

"아마 다크스타의 수뇌부가 처리되고 나면 이능세계를
다루는 것이 더 쉬워지겠지? 뭐 모두 다 처리 할 것은 아니
고, 핵심 수뇌부 정도만 처리할테지만 말이야."

강민은 굳이 그가 나서게 된 이유까지는 언급하지 않았
다. 그 이유까지 세세히 말할 필요가 없어서였다.

다만 이런 내용을 말해주는 것은 다크스타가 갑자기 무
너짐으로서 생기는 혼란을 피하게 해주기 위해서였다.

다크스타가 무너졌는데 유니온에서 이유조차 파악하지
못하고 있다면, 이를 다크스타의 음모나 계략으로 오해를
하여 정확한 대응을 하지 못할 수도 있기 때문이었다.

먼저 부탁할 수는 없는 위치인 벤자민으로서는 강민이
먼저 나서서 이런 일을 해준다고 하니 어깨춤이라도 추고
싶은 마음이었다.

안 그래도 최근 다크스타가 유니온의 지부나 시설들을
공격해서 많은 피해가 생기고 있는 실정이었기에, 어떤 식
으로든 결단을 내려야 한다고 생각하고 있었다.

그런데 엄청난 강자인 강민이 나서서 이 일을 해준다면 아무런 피해 없이 목적을 달성할 수 있을 것이었다.

"아. 감사합니다. 강민님."

"감사는 됐어. 여튼 카드는 유용하게 쓰지."

"네, 전용기가 있는 것으로 알고 있지만, 유니온에 전화만 주셔서 카드의 코드넘버를 말씀하신다면 언제든지 유니온의 초음속 전용기를 사용하실 수 있을 것입니다. 그리고 순간이동 마법진도… 아, 마법진은 필요가 없으시겠군요. 어쨌든 유니온의 시설들을 자유로이 사용하실 수 있을 것입니다. 출입국 심사 시에도 카드만 보여주신다면 프리패스가 가능하십니다."

출입국 심사가 편리하게 통과된다는 이야기에 강민은 고개를 끄덕이며 만족감을 표시하였다. 그런 강민의 얼굴을 보던 벤자민은 마지막 인사를 건넸다.

"그럼 이만 돌아가 보겠습니다. 혹시 필요한 사안이 있으시면 언제든지 알고 계신 전화번호로 연락주시면 됩니다."

모든 대화를 마친 벤자민은 순간이동을 통해서 사라졌다. 남겨진 마나파동으로 보아 본부가 있는 볼티모어까지 바로 이동한 것은 아닌 것 같았다.

마스터급이라 하더라도 마법진도 없이 이곳 LA에서 본부가 있는 볼티모어까지 한 번에 순간이동 하는 것은 쉬운 일은 아니었다. 그렇기에 LA에 설치된 순간이동 마법진으로 이동한 것이었다.

벤자민이 떠나고 나자 지금껏 가만히 옆에서 대화만 듣고 있던 유리엘이 강민에게 물었다.

"민, 백무성은 한번 만나 보는게 어때요?"

"전에 말한 결계 때문에 그런거야?"

"네, 백두산에 있는 결계가 상당히 특이해서 한번 확인해보고 싶기도 해서요. 마법과 술법이 결합된 형태의 결계던데, 아공간처럼 처리되어서 마나위성으로도 뚫고 볼 수가 없더라구요."

"그래, 이번 일 끝나고 나면 한번 가보던지 하자."

"어쨌든 이번 여행은 오길 잘한 것 같아요. 서영이도 재미있어하고, 어머님도 좋아 보이시구요. 종종 이런 기회를 만들어요."

"그래, 마나장이 통합되고 나면 이런 기회도 별로 없어질테니 그전에 자주 가야겠어."

✣

강민 일행은 3일간 더 LA에 머물렀다. 그 동안 LA 시내의 관광명소들과 유니버셜 스튜디오, 디즈니 랜드까지 섭렵하고, 두 번째 여행지인 라스베가스로 향했다.

라스베가스에도 당연히 KM 호텔 체인의 K 호텔이 있었다. 아니 여기서는 K 리조트라는 이름을 달고 있었다.

라스베가스 시내로 들어왔을 때에는 이미 오후 7시가 넘은 저녁 시간이었다. 하지만 라스베가스는 화려한 밤의 도시였다. K 리조트를 포함한 여러 호텔들에서 쏟아져 나오는 조명이 마치 환상의 세계에 있는 듯한 모습을 보였다.

"이야~ 진짜 대박이네. 왜 그렇게 라스베가스, 라스베가스 하는지 이제야 알겠어. 책으로 보는 것과는 천지차이인 것 같아."

"그래? 뭐 별거 없어 보이는데…."

강민은 여러 차원에서 이보다 더한 화려하고 신비한 광경을 많이 보았기에 별다른 감흥은 없었지만, 강서영은 호텔들의 화려한 조명과 전시물들에 주위를 두리번거리며 신기해하였다.

숙소인 K 리조트에 도착하니 이미 사전에 연락이 되었는지 K 리조트의 지배인 역시 나와서 강민을 맞이하였다.

하지만 그는 샘과 같이 적극적인 모습을 보이지는 않았다. 이미 샘에게 강민이 이런 겉치레를 그리 좋아하지 않는다는 귀띔을 들은 것 같았다.

그래서 젊은 여직원 한 명을 가이드로 붙여주고는 자리를 비웠다.

숙소에 간단히 짐을 푼 강서영은 들뜬 얼굴로 한미애를 재촉했다.

"여기까지 왔으니까 카지노에 가봐야지! 엄마, 엄마. 우리 카지노 가봐요."

"카지노? 그거 도박 아니니? 난 그런 건 별로 안 좋아하는데…."

"에이~ 뭐 어때요? 그냥 재미로 하는 건데. 어차피 돈 벌려고 하는 것도 아니잖아요."

"그래도 난 별로 땡기지가 않네. 강훈이랑 같이 놀다와."

"같이가면 좋을 텐데… 알겠어요. 그럼 쉬고 있어요. 엄마~ 오빠랑 언니는 어쩔 거에요?"

강서영이 강민과 유리엘을 돌아보고 말하자 유리엘이 한미애에게 말을 걸었다.

"어머님, 카지노가 싫으시면 공연을 보시는 건 어때요? 태양의 서커스단에서 하는 멋진 쇼들이 많다고 하더라구요."

"그래? 그럼 거기에 가보자."

"들었지, 서영아? 그럼 난 어머님이랑 민이랑 같이 공연 보고 올게."

"네, 언니. 그럼 시아는?"

정시아는 모두가 자신을 돌아보자 잠시 고개를 갸웃거리며 생각하다가 대답했다.

"저도 어머님이랑 같이 공연 볼게요. 둘이 데이트 해야죠. 헤헤."

"야. 정시아! 그런거 아냐!"

"언니, 다들 아는데 아니긴 뭐 아냐. 히히. 좋은 시간 보내고 와~"

"아. 그러네, 모두 같이 다닌다고 둘이 데이트 할 시간도 별로 없었지? 이번엔 방해 안할게."

"오빠!"

이미 모두가 아는 인정받은 사이였지만 강서영은 이런 말들이 부끄러웠는지 얼굴이 붉어지며 소리를 빽 질렀다.

그러나 옆에 있는 최강훈이 더 붉어진 얼굴인 것을 확인하고 나니 그녀 역시 웃음이 나왔다.

8장. 전투

NEO MODERN FANTASY STORY & ADVENTURE

# 현세귀환록

## 8장. 전투

밤의 도시인 라스베가스는 낮에는 그렇게 구경할 만한 곳들이 많이 없었다. 그래서 보통은 관광객들이 오는 경우 인근 아웃렛에 방문하여 쇼핑을 하는 경우가 많았다.

하지만 강민 일행은 이곳까지 와서 쇼핑을 할 이유는 없었기 때문에 다음날이 밝자 헬기를 이용한 그랜드캐년 관광으로 일정을 잡았다.

그랜드캐년 관광은 이례적으로 같이 온 스페셜팀의 요원들도 같이 하였다. 지금까지 여행에서 스페셜팀의 요원들은 숙소에서 머물러 있었는데 이번에는 같이 가는 것이었다.

이번 여행에 따라온 스페셜팀의 요원들은 총 8명이었다. 말론도와 스티븐을 제외한 모든 인원이 함께하는 것이었다.

말론도는 혹시 모를 긴급 상황에 대비하고 이번에 새로 받은 왕웅과 박세주의 교육을 위해서 남은 것이었고, 스티븐은 장태성 실장의 경호를 위해서 남았다. 즉, 필수적인 인원을 제외한 모든 인원이 함께하는 것이었다.

최강훈이 여행을 하기 전에 이번 일에 대해서 개략적인 설명을 해주었다. 악명 높은 다크스타와 싸운다는 말에 스페셜팀의 멤버들은 여행 내내 긴장한 모습으로 있었다.

실전을 한다는 것은 지금까지의 훈련과는 달리 자칫 잘못하면 죽을 수도 있다는 것이기 때문이었다.

특히, 지금 그랜드캐년으로 가는 헬기 안에 앉아 있는 요원들의 표정은 무겁게 굳어있었다. 그랜드캐년에는 다크스타의 세 보스 중의 한 명이 자리하고 있다는 이야기를 들어서였다.

그들이 이 여행에 따라온 목적인, 실전을 경험할 날이 바로 오늘이었다.

"우와~ 진짜 대박이야 대박! 엄마, 엄마! 저기 저거 봐요!"

"그래, 정말 멋지구나."

강서영은 그랜드캐년의 절경을 손가락으로 가리키며 수차례 대박이라는 말로 자신의 감동을 표현했고, 한미애도 멋진 광경이라는 것에 동의했다.

콜로라도 강의 침식작용으로 만들어진 이 그랜드캐년은 그 엄청난 규모와 정교한 아름다움에 보는 사람으로 하여금 자연의 위대함을 느끼게 해주는 절경 중의 절경이었다.

강민과 유리엘을 제외한 일행들은 이 그랜드캐년의 엄청난 절경에 절로 감탄을 표하고 있었다.

심지어 긴장하고 있던 스페셜팀의 요원들도 이 광경을 보고는 조금 뒤에 있을 실전 생각조차 잠시 잊고, 자연 경관의 위대함을 감상하였다.

다만 강민과 유리엘은 이보다 더 엄청난 경관들을 많이 보아왔던지라 그리 큰 감흥은 없었다.

원래 헬기투어는 헬기로 오면서 구경을 하고 잠시 내려서 휴식을 한 뒤 다시 헬기를 타고 돌아가는 단순한 일정이었지만, 강민은 헬기를 하루 종일 빌렸기 때문에 일행은 그랜드캐년에 내려서 간단한 트래킹까지 하였다.

트래킹을 하는 동안도 강서영의 딱 벌어진 입은 닫힐 줄을 몰랐다. 수억년이 넘는 시간동안 자연이 빚어낸 최고의 절경이다 보니, 그 켜켜이 쌓인 시간에 경외감이 드는 것은 어찌보면 당연할 수도 있었다.

두어시간을 넘게 그랜드캐년을 돌면서 구경을 하고 나자 아무래도 한미애가 체력적으로 조금 힘들어하는 것 같아 보였다. 그래서 강민은 일행을 휴게실로 이끌었다.

"어머니, 서영아. 여기서 잠시 쉬고 있어. 우리는 잠시 할 일이 있어서 다녀올게. 한두시간 정도면 될 거니까 혹시 일 있으면 연락하고. 시아는 여기 어머니와 서영이하고 같이 있어."

"알겠어. 얼른 다녀와."

강서영은 오늘따라 유난히 굳은 경호원들의 표정에서 이미 뭔가가 있다고 생각했는지, 강민의 말에 별다른 질문 없이 알겠다고 말했다.

옆에 있던 정시아는 같이 가고 싶었지만, 누군가는 이 둘을 지켜야 할 것이라 생각했기에 아쉬움을 감추고 고개를 끄덕였다.

그 중 한미애는 다소 걱정스러운 표정을 짓다가 강민에게 물었다.

"혹시 그 사냥인가 하는 걸 하는 거야? 위험하지는 않고?"

유니온에서 이능에 대한 정보를 일반에 공개했기 때문에, 한미애 역시 이제 이능세계에 대한 약간의 지식은 있었다.

그래서 지금 강민이 마물을 사냥하는 것 정도로 짐작하며 물은 것이었다. 한미애도 마물 사냥이 위험하다는 이야기를 들은 것이 있었기 때문이었다.

만일 그녀가 강민의 무력을 조금이라도 알았다면 이런

질문을 하지 않았을 것이었다. 하지만 그녀는 강민의 무력을 잘 몰랐다.

아니 강민의 무력을 알았더라도 항상 자식 걱정을 하는 어머니의 심정으로서는 걱정을 하였을 수도 있었을 것이었다.

자식이 아무리 대단한 능력을 지녔다고 하더라도 어머니의 눈에는 자식은 언제나 지켜줘야 하는 대상이기 때문이었다.

강민은 그런 그녀의 걱정을 덜어주기 위해서 환하게 웃으며 대답했다.

"네, 뭐 일종의 사냥이지요. 위험한 것은 아니니 걱정 마세요."

그런 강민의 표정에서 다소 걱정을 덜은 것인지 한미애역시 미소를 지으며 말했다.

"그래, 조심해서 다녀오렴."

✢

강민과 유리엘을 포함한 일행은 빠른 속도로 그랜드캐년 깊숙이 내려갔다. 유리엘의 순간이동 마법이면 빠르게 움직일 수 있을테지만 굳이 그렇게 하지는 않았다.

가는 동안 몸을 움직이며 굳은 몸을 풀어주며 고조된 긴장감 역시 풀어주기 위해서였다. 유리엘이 이미 GPS로 장소를 알려주었기 때문에 일행의 움직임에는 망설임이 없었다.

얼마 지나지 않아 일행은 그랜드캐년 사우스림의 협곡 아래에 도착했다. 유리엘이 GPS로 찍어준 곳이었다. 하지만 이곳에는 별다른 인기척은 없었다. 그랜드캐년의 다른 곳과 마찬가지로 웅장한 협곡의 모습만이 있을 뿐이었다.

긴장을 하며 도착한 곳에 아무것도 없자 성질이 급한 리키가 작게 툴툴거리며 말했다.

"여기가 맞나? 내 눈에만 아무것도 안 보이는 건가?"

작게 말한 것이지만 모두가 능력자인 상황에서 그의 말을 듣지 못한 사람은 없었다.

다만, 스페셜팀에서 말론도를 제외하고는 제일 강자인 리키였기에 다른 팀원들이 그를 질책할 수는 없었다. 그나마 비슷한 실력의 앤디만이 리키에게 한마디를 하였다.

"조용히 하고 있어, 리키. 분위기 파악 좀 해."

"내가 뭐? 네 눈에도 아무것도 보이지… 윽…."

다크스타의 세 보스는 마스터급을 상회하는 무력이라 들었기에 최강훈조차 긴장하고 있었다. 그런데 리키가 주제도 모르고 떠드는 모습에 최강훈이 암암리에 기파를 쏘아내어 주의를 시켰다.

이미 최강훈과의 대련에서 이런 기파 공격을 많이 받아

보았기에 리키는 최강훈이 주의를 준 것인 줄 알고 금세 입을 다물었다. 대련 때도 이런 주의를 무시했다가 혼쭐이 난 경험이 많았기 때문이었다.

움찔하는 리키의 반응에 다른 멤버들도 최강훈의 응징이 있었음을 깨닫고 내심 고소하다고 생각했다. 하지만 이런 리키의 행동으로 인하여 긴장감이 팽팽했던 분위기가 약간은 누그러졌다.

조금 전까지 긴장감에 온몸이 굳어있던 스페셜팀의 멤버들은 이제는 적당한 긴장감을 갖고 그들의 실력을 모두 발휘할 수 있는 상태가 된 것이었다.

쿵~!

어느 정도 분위기가 정리된 듯하자 강민이 가볍게 발을 굴렀다. 그리고, 발을 구른 지점을 중심으로 강대한 마나가 퍼져나갔다.

동심원을 그리며 퍼져나가는 마나의 파장은 협곡의 전면에서 약간의 저항을 받는 듯하였으나, 얼마 버티지 못하고 부서지고 말았다.

파삭!

이능력자들만 느낄 수 있는 결계가 부서지는 소리가 났다.

"어? 결계가 있었네? 신기하네. 이질적인 마나 흐름도 없었는데 말이야."

벌써 최강훈의 주의를 잊어버린 건지 리키는 다시금 중 얼거렸다. 하지만 이번에는 다른 멤버들도 어느 정도 동의 를 하는지 몇몇은 고개를 끄덕이기도 하였다.

그도 그럴 것이 그들이 아는 상식에서 결계는 이질적인 마나 흐름을 보이는 경우가 많기 때문에 그 결계를 뚫지는 못하더라도 결계가 있다는 것 정도는 알 수 있었다. 이렇 게 아무런 흔적도 없는 수준 높은 결계는 처음 본 것이었 다.

이런 수준 높은 결계를 발구름 한 번에 파훼하는 것이 더 신기할 테지만 그들은 그것까지는 인지하지 못하고 있 었다.

결계가 깨어지자 협곡의 전면에 커다란 동굴이 보였다. 파여진 형태로 볼 때 자연적으로 형성된 동굴은 아닌 것 같았다.

동굴이 드러나자 최강훈은 얼굴을 굳히고 스페셜팀에게 손짓을 하였다. 동굴로 진입하자는 신호였다.

일단 오늘 일의 주재자는 최강훈이었다. 결국은 강민이 나 유리엘이 나서야 하겠지만, 강민이 스페셜팀의 실력을 보자고 하였기 때문에 최강훈이 스페셜팀을 리드하여 앞 으로 나섰다.

우~웅~!

동굴 입구까지 10여미터가 남은 상황에서 협곡 전체에

갑작스러운 마나유동이 발생하였다. 그 마나유동과 함께 협곡 여기저기에 있던 거대한 암석들이 몸을 일으키기 시작했다. 스톤 골렘이었다.

"호오, 여기서 골렘은 처음 보네요. 그리고 마나 패턴의 전개 양상을 보니 요즘의 마나 흐름과는 상당히 다르네요."

"그러게 말이야. 그렇지만 나름 체계가 잡혀 있는 방식인 것 같은데?"

"네, 마나의 안정성을 보니 그래도 몇 세대에 걸쳐서 연구된 것 같아요."

강민과 유리엘이 이야기를 하는 동안 20여기의 스톤 골렘들이 몸을 일으켰다. 아마 결계가 파훼되면 작동되도록 연동이 되어 있는 것 같았다.

골렘의 크기는 모두가 동일하지는 않았다. 작은 것은 3미터 큰 것은 10미터에 육박하기도 하였다. 그 중 5미터 정도 되는 검은색 골렘이 눈에 띄었다.

자세히 살펴보니 그 골렘이 검은색으로 보이는 것은 돌이 아닌 철로 되어있었기 때문이었다. 아이언 골렘이었다.

아이언 골렘이 다른 골렘들을 컨트롤 하는지, 아이언 골렘이 사람들이 알아들을 수 없는 웅웅거리는 소리를 내자 스톤 골렘들이 육중한 몸을 움직이며 강민일행에게 다가가기 시작했다.

쿵~ 쿵~ 쿵~ 쿵~

"이렇게 느려가지고 어디 마물 한 마리라도 잡겠어?"

갑자기 골렘이 나타나는 것에 다소 놀랐던 리키였지만, 느릿느릿한 골렘의 움직임에 코웃음을 치며 골렘을 비웃었다.

지금 골렘의 모습을 보면 일반인들도 뛰어서 피해갈 수 있을 정도로 느린 움직임이라 리키의 말이 틀린 것도 아니었다.

하지만 골렘이 내포하고 있는 마나가 심상치 않음을 느낀 최강훈은 긴장을 늦추지 않고 있었다. 다가오는 골렘을 보면서 최강훈은 손짓을 통해 스페셜팀을 준비시킨 후, 포메이션을 지시했다.

"타입은 대형, 포메이션은 5번!"

"네!"

"옛썰!"

힘차게 대답한 스페셜팀의 멤버들은 3명은 전면에 서고 5명은 그들을 뒤에서 받치는 방식으로 대형을 형성했다. 특히, 5명의 백업 멤버들은 아공간 주머니에서 마나 머신건을 꺼내어들어 원거리 공격을 준비했다.

이윽고 최강훈은 가장 앞에서 일행을 향해 다가오고 있는 5미터 크기의 스톤 골렘에 대한 공격을 지시했다.

"공격!"

최강훈의 공격지시에 후방의 5명이 가지고 있던 마나 머신건에서 불을 뿜었다.

타타타타타타~

마나 머신건은 굉음을 내며 전방에 있던 골렘에 적중하였다. 일반 머신건이라면 상처도 나지 않을 것이었지만, 약하지만 마나를 머금고 있는 마나 머신건이다보니 골렘의 표면에 상처를 주며 돌가루를 만들어냈다.

하지만 골렘의 내구력이 상당한지 결정적인 공격이라 할 수는 없었다.

우웅~우~웅~

마나 머신건의 공격에도 느릿느릿 일행을 향해서 다가오던 스톤 골렘은 갑자기 들려온 아이온 골렘의 웅웅거리는 소리에 갑자기 기세가 달라졌다.

그리고 기세가 달라졌다고 느낀 것과 동시에 골렘의 움직임이 신속하게 변했다.

쿵쿵쿵쿵!

앞서 있던 골렘 뿐만 아니라 다른 골렘들까지 거의 차량에 맞먹는 속도로 쿵쿵거리며 뛰어오며 일행에게 덤벼들기 시작했다.

갑작스러운 변화였지만, 스페셜팀은 여유 만만했다. 아까보다는 월등히 빠른 속도였지만 아직은 충분히 대응 가능하였기 때문이었다.

이 변화를 보던 최강훈은 신중한 표정으로 다시 스페셜팀에게 지시했다.

"타입은 포위, 포메이션은 7번."

최강훈의 지시를 받은 스페셜팀은 소용없는 마나 머신건을 집어넣고 근접무기를 꺼내어 들어 조금 전 공격했던 골렘을 재차 공격해갔다.

시작은 리키였다. 검신이 30센티미터 정도 되어 보이는 빛나는 단도 두 개를 각각 양손에 든 리키는 빠른 속도로 골렘 뒷목을 노리며 공격해 들어갔다.

퍽! 퍼억!

마나를 듬뿍 머금은 리키의 단도는 어렵지 않게 골렘의 뒷목을 뚫어냈다.

리키는 인간형의 몬스터를 상대하듯 빠르게 뒷목에 두 차례의 공격을 감행하였지만, 골렘은 생명체가 아니었다. 생명체라면 치명적인 공격인 목의 공격에도 별다른 충격을 받은 것 같지 않았다.

"코어는 명치부분이다. 그 쪽을 노려!"

목의 일격에도 아랑곳 않는 골렘에 약간 당황해 하던 리키는 최강훈의 지시에 의해서 재빨리 명치를 노리고 공격하려 하였다.

하지만 지금까지 느리기만 했던 골렘이 순간적으로 리키가 조금 전의 움직임보다 월등히 빠른 속도로 그에게 주먹을 내질렀다.

갑작스러운 속도 변화에 리키는 피하기는 늦었다는 생각에 양손을 교차해서 전면을 방어했다.

쾅~!

양손의 가드에 골렘의 주먹이 떨어졌고, 굉음과 함께 리키는 튕겨나가고 말았다.

"으윽!"

골렘에 일격을 당한 리키는 신음성을 내며 비척비척 일어섰지만, 가드 할 때 위에 있던 오른팔이 부은 것이 뼈까지 다친 듯 보였다.

리키가 당하는 동안 다른 멤버들 역시 놀고 있지는 않았다. 코어가 명치라는 이야기에 집중적으로 코어를 공격했고 오래지 않아서 하나의 스톤 골렘을 쓰러트렸다.

그러나 스톤 골렘은 한 기가 아니었다. 한기의 스톤 골렘이 쓰러지는 동안 다른 스톤 골렘들이 스페셜팀을 둘러싸고 공격을 펼치기 시작했다.

그 사이 이미 쓰러진 스톤 골렘에게 당했던 리키는 부어버린 팔을 고정시킨 후 빠르게 포션을 꺼내 상처부위에 부었다. 상급의 포션이기 때문에 몇 분간만 안정을 취하면 다시 전투에 참여 할 수 있을 것이었다.

다만, 리키는 그 몇 분도 기다릴 수가 없었다. 20기의 골렘, 아니 한기가 쓰러졌으니 19기의 골렘이 동료들을 공격하고 있었기 때문이었다.

리키가 나가떨어졌지만 스페셜팀의 멤버들은 생각보다 잘 싸우고 있었다. 최강훈에게 받은 수련이 녹록치 않았는지 수적인 열세에도 불구하고 이리저리 피해가며 착실히 한 기의 스톤 골렘을 더 쓰러트렸다.

리키의 사례에서 경각심을 느낀 듯 하였다. 결정적인 순간이 되면 속도가 빨라지는 골렘의 특성을 파악하고 동료와의 협공으로 빈틈을 노려가며 골렘을 쓰러트린 것이었다.

또한 튕겨났던 리키 역시 다시 전장으로 들어왔기에 이 상태라면 뒤에 있던 아이언 골렘은 모르겠지만, 스톤 골렘 정도는 그리 어렵지 않게 다 처리할 수 있을 것 같았다.

하지만 골렘들도 가만히 당하고만 있지는 않았다.

웅~웅~웅~

한 기의 골렘이 더 쓰러지자, 뒤편에서 동굴입구를 지키던 아이언 골렘에게서 다시금 웅웅거리는 소리가 나왔다.

그리고 아까와 마찬가지로 한단계 더 기어가 올라간 것처럼 움직임이 더 빨라졌다. 거의 B급 능력자에 육박하는 움직임이었다.

쿵~! 퍼~억!

갑작스러운 움직임 변화에 자일이 어깨를 강타당해서

전장에서 튕겨나갔다. 튕겨나간 자일이 바닥에 떨어지자 근처에 있던 골렘이 그를 짓밟으려 하였다.

그 모습에 지금까지 스페셜팀의 전투를 지켜보고만 있던 최강훈이 나섰다.

쉬익~ 쾅!

자일을 밟으려던 골렘은 최강훈의 장(掌)에 일격을 당했고, 즉시 코어가 부서져 콰르르르 하는 소리와 함께 돌로 흩어지고 말았다.

"자일, 넌 아웃이다. 전장에서 빠져 있어."

"아직 싸울 수 있습니다! 이사님!"

으득~!

싸울 수 있다는 말과 함께 자일은 뼈가 갈리는 소리를 내며 탈구된 어깨를 바로 하였다. 더 싸울 수 있다는 의지의 표현이었다. 하지만 최강훈은 고개를 저으며 말했다.

"아니, 넌 이번 전투에서 이미 죽은 목숨이라는 것이야. 빠져있어! 그리고 동료들의 전투를 지켜봐라."

단호하게 말한 최강훈은 자일을 강민과 유리엘 옆으로 던져버렸다.

자일이 빠지면서 남은 멤버들은 진혈을 일깨우기 시작했다. 골렘의 변화에 지금 상태로는 골렘들을 상대하기 힘들다고 깨달았기 때문이었다.

"흐아압!"

"하얏!"

각자 기합을 내지르며 힘을 냈고, 다시금 박빙의 전투가 펼쳐졌다. 하지만 골렘의 체력은 무한하였고, 진혈 각성의 시간은 그리 길지 않았다.

하나 둘 씩 힘이 빠지면서 스페셜팀의 멤버들은 위기상황을 더 맞았고, 그 때마다 최강훈이 구해주면서 그들을 전장 밖으로 빼내었다.

물론 그들이 아무런 성과없이 전장에서 이탈한 것은 아니었다. 모두 합쳐 9기의 골렘을 쓰러트린 것이었다 그러나 아직도 골렘은 10기나 남아 있었다.

결국 그나마 강했던 리키와 엔디를 제외하곤 모두 최강훈의 손에 이끌려서 전장을 이탈하였다. 그리고 그 둘 역시 더 싸울 수 있는 상태가 아니었다.

"헉… 헉… 더 할 수 있겠어, 엔디?"

"글쎄, 헉… 나도… 허억… 이제 한계야. 헉헉…."

리키와 엔디는 한계에 다다랐고, 그런 모습을 본 최강훈을 지시를 내렸다.

"이제 그만. 여기까지다. 전장에서 이탈해."

리키와 엔디는 그 말을 기다렸다는 듯 뒤로 뛰어서 전장을 빠져나왔고, 쫓아오는 골렘을 최강훈이 가로막아 세웠다. 그리고는 폭풍처럼 움직이기 시작했다.

쾅~ 쾅~ 쾅~ 쾅~

일격에 하나의 골렘이 쓰러졌다. 나가떨어진 스페셜팀의 멤버들은 그런 최강훈의 모습을 입을 쩍 벌린채 바라보고 있었다.

이것이 마스터의 무력이었다. 특히 리키와 엔디는 눈을 빛내며 최강훈의 일거수 일투족에 집중하였다.

최강훈은 9개의 스톤 골렘을 처리하고 마지막 남은 아이언 골렘을 처리하려 재빠르게 다가갔다.

퍼엉~!

처음으로 최강훈의 일격이 막혔다. 아이언 골렘은 무력하게 쓰러진 스톤골렘과는 달랐다. 하지만 그렇다고 마스터를 상대할 정도는 아니었다.

그런 열세를 알아차렸는지 최강훈의 공격을 막아낸 왼팔에 손자국을 남긴 채 아이언 골렘은 뒤로 한 걸음 물러섰다.

최강훈은 완전히 끝내기 위해서 물러나는 골렘을 따라가며 추가적인 공격을 가하려고 하였는데, 갑작스럽게 전면에서 터져나온 마나 유동에 급히 호신막(護身膜)을 펼쳐 방어태세로 변환하였다.

화아아~악!

전면의 마나유동은 거대한 마법의 화염이었다. 직격 당했다면 심각한 열상(熱傷)을 입었을 것 같은 엄청난 화염이었다.

"크윽…."

숫제 화염방사기처럼 한참동안 화염은 계속 쏟아졌고 최강훈이 급하게 만든 호신막은 그 화염을 버텨내기가 힘들어보였다.

화염의 물결에서 나오는 기이한 인력(引力)에 자리를 피하는 것도 쉽지 않았다.

힘들다고 판단한 최강훈이 더 많은 마나를 동원하여 호신막을 강화하기 위해서 단전을 자극하려 하였다.

그러나 그 순간 마법의 화염이 멎었다. 마법의 화염이 멈추자 그 마법을 시전한 사람이 동굴 입구에 서있는 것이 최강훈의 눈에 보였다.

마법 시전자는 웨이브 진 붉은 머리칼이 인상적인 언뜻 보아 30대 초중반 정도로 보이는 여성이었다.

미녀라고 할 정도로 아름다운 얼굴을 가진 그녀는 다소 헐렁한 로브를 입고 있음에도 가슴부위가 부풀어 올라 있는 것이 풍만한 가슴을 지닌 육감적인 몸매의 소유자라는 것을 알 수 있었다.

마법사라는 것을 드러내듯이 그녀는 2미터가 넘는 마법 스태프를 들고 있었는데, 붉은 로브가 붉은 머리칼과 잘 어울려 보였다.

하지만 그녀의 아름다운 얼굴은 찌푸려져 있었으며 동굴 입구를 벗어나며 화난 목소리로 말했다.

"위원회의 개들이냐!"

최강훈은 그런 그녀의 말에 반문으로 대답했다.

"당신이 다크스타의 수장 중의 한 명이요?"

"다크스타를 알고 온 것 보니. 위원회 놈들이 맞군."

여마법사의 오해를 굳이 바로 잡지는 않았다. 위원회 소속은 아니지만 어쨌든 그녀와 생사결을 치루기 위해서 이곳까지 온 것은 사실이기 때문이었다.

최강훈의 침묵을 그녀는 자신의 말에 동의한 것이라 생각했는지 코웃음치며 말을 이었다.

"보아하니 마스터는 된 것 같은데 너 혼자 마스터라 생각하는 것은 아니겠지? 어떤 자신감으로 이곳까지 온 것인지 모르겠지만 그 만용이 오늘 네 목숨을 거둘 것이다!"

그녀의 눈에는 저기 널부러져 있는 스페셜팀은 눈에 들어오지 않았다. 저 정도 실력으로는 그녀에게 손끝하나 댈수 없다는 것을 잘 알고 있기 때문이었다.

강민과 유리엘이 서 있는 것 또한 보였지만, 신경을 쓰지 않는 것으로 보아 기세를 감추고 있는 둘을 알아볼 실력까지는 되지 않는 것 같았다.

화난 기색을 감추지 않고 말하는 여마법사와는 달리 최강훈은 담담한 음성으로 말했다.

"길고 짧은 것은 대어봐야 알겠지."

"길고 짧은 것은 딱 보면 아는 것이지 대어보긴 뭘 대어 봐! 파이어 필러!"

여마법사는 말을 마침과 동시에 수인이나 영창도 없이 바로 시동어를 읊었다. 무영창, 무수인의 마법시전은 그녀가 7서클의 벽은 넘었음을 알려주는 것이나 마찬가지였다.

그 시동어와 함께 최강훈의 자리에서 불기둥이 솟아났다.

후아아악!

하지만 준비하고 있던 최강훈은 신속히 그 장소에서 벗어났다. 화염 기둥에는 아까 전의 화염 물결처럼 기이한 인력이 있어 힘을 주어 벗어나려 하지 않는다면 기둥으로 끌려갈 것만 같았다.

"하압!"

짧은 기합성과 함께 불기둥의 인력을 떨쳐버린 최강훈은 번개처럼 여마법사에게 날아갔다.

어느새 최강훈의 손에는 자신의 주무기인 환도를 꺼내어 들고 있었고, 그 환도에는 넘실거리는 소드 오러가 발현되어 있었다.

조금 전 공격으로 보아서 최소 7서클 이상의 마법사임이 분명하였기에 전력을 다하여 빠른 시간 내에 끝장을 보려는 심산이었다.

하지만 여마법사는 역시 호락호락하지 않았다.

콰~앙!

소드 오러를 머금은 최강훈의 환도는 여마법사의 상체를 사선으로 가르기 위해서 휘둘러졌으나 그 목적을 달성하지는 못하고 폭음만 냈을 뿐이었다. 이미 그녀의 주위에는 배리어가 펼쳐져 있었기 때문이었다.

자신의 배리어가 최강훈의 공격을 막아낼 것을 알았다는 듯 여마법사는 담담하게 말했다.

"역시 마스터군. 배리어를 펼쳤는데도 충격이 상당한데?"

소드 오러가 배리어에 막힌 것을 확인한 최강훈은 체내의 마나 회전을 좀 더 빨리 하여 소드 오러의 불꽃을 한층 더 강하게 피워냈다.

"아직은 떠들 시간이 있나보군. 하지만 이건 어떨까?"

곧게 편 왼손은 전면에, 환도를 쥔 오른손은 바닥을 가리키는 식으로 양손을 교차시킨 최강훈은 번개처럼 양손을 휘둘러 전면을 사선으로 베어냈다.

좌하단에서 우상단으로 가르는 일도단월(一刀斷月)의 식이었다.

파슥!

최강훈의 일격에 여마법사의 배리어가 갈라졌다. 배리어를 믿고 안심하고 있던 여마법사는 토끼눈을 뜨고 최강훈을 바라보았다.

다만, 최강훈의 도세는 배리어는 잘라냈지만 여마법사까지는 베어내지 못하였다.

그도 그럴 것이 배리어가 갈라짐과 동시에 그 자리에서 사라져 30여미터 뒤에서 나타났기 때문이었다. 공간 좌표를 활용한 공간이동은 아니었고, 그녀가 장악하고 있는 마나장을 이용한 고속이동에 가까웠다.

마스터 급의 마법사이다보니 최후의 순간에 자신을 보호할 수 있는 한 수는 가지고 있었던 것이었다.

승기를 잡은 최강훈은 더 빠른 속도로 그녀에게 다가갔다. 환도에 서린 소드오러가 활활 불타는 듯 보였다.

하지만 여마법사도 호락호락하지 않았다. 짧은 시동어를 연달아 말하며 여러가지 공격마법을 동시에 시전하기 시작했다.

파캉~! 챙챙챙~!

대포알과 같은 에너지 캐논이 날아들며 최강훈의 길을 막아세웠고, 동시에 날아온 수십발의 에너지 볼트들이 그녀에게 가는 길을 방해했다.

"프리스메틱 실드! 앱솔루트 배리어! 아케인 아머!"

잠깐 시간을 번 여마법사는 연이어 세 가지 방어마법을 영창하여 발현시켰다. 방어마법이 시전 됨과 동시에 최강훈도 그녀에게 접근해서 도격을 날렸다.

쾅 쾅 쾅 쾅!

최강훈의 환도가 여마법사의 배리어 위에 떨어졌지만, 조금 전과는 달리 호락호락하게 깨어지지 않았다.

이에 어느 정도 안도한 여마법사는 다소 긴 영창의 주문을 외우기 시작했다.

"@#$#@ ^%@#^ #$%@#$!# @$!@$#!@$"

마법사에게 집중되는 마나의 흐름이 심상치 않다고 생각했는지, 최강훈도 역시 자신하는 일격을 가할 준비를 하기 시작했다.

최강훈은 한 손으로 들고 있던 환도를 자연스럽게 두 손으로 그러잡고 양손 머리위로 들어 올리는 상단세를 취하였다.

이어 상단에 오른 환도를 머리위에서 부드럽게 한 바퀴 돌린 최상훈은 벼락같이 환도를 내리치며 전면을 갈라냈다. 황룡참격(黃龍斬擊)의 식이었다.

동시에 여마법사의 영창이 끝나고 시동어가 들려왔다.

"인페르노 블라스터!"

여마법사사의 전면에서 지금까지 보지 못했던 거대한 마나 유동이 발현되면서 직경 1미터 정도의 엄청난 화염 광선이 쏘아져 나왔다.

화염 광선에 내포된 마나는 7서클의 마나량을 월등히 뛰어넘고 있었다. 아까의 방어마법도 그렇고 그녀는 8서클 마법사임에 틀림없었다.

카가가강~

최강훈의 참격은 일시적으로 이 화염광선을 갈라냈다.

쾅~ 쾅~!

참격은 화염광선을 갈라내는 것을 넘어 여마법사의 방어 마법 역시 두 개나 잘라냈다.

마나량은 마법사에 비해 다소 떨어졌지만 황룡참격의식을 통하여 도세를 날카롭고 밀도있게 만든 것이 화염광선과 방어마법을 잘라 낼 수 있게 한 것이었다.

하지만 방어마법은 세 개였고, 참격의 힘은 화염광선과 두 개의 방어마법을 가르며 이미 떨어져 있었다.

그리고 화염광선은 순간적으로 갈라진 것이지 방어마법처럼 파괴되어 사라진 것은 아니었다.

아나나 다를까 참격의 힘이 떨어짐과 동시에 갈라진 화염광선이 다시 합쳐져 최강훈의 전면에 들이닥쳤다.

절체절명의 위기에 빠진 최강훈은 극도로 높아진 집중력에 자신도 모르게 초월의 영역에 들어섰다.

무투가와 마법사 간의 전투에서는 방어마법을 쓰는 마법사와 그것을 부셔내는 무투가의 힘과 힘의 대결인지라 순간적인 속도를 중시하는 초월의 영역에 대한 쓰임새는 다소 떨어졌다. 그렇기에 최강훈은 심력의 소모가 큰 초월의 영역을 굳이 발동시키지는 않았던 것이었다.

하지만 위기 상황이 되자 자신의 의지와 관계없이 초월

의 영역이 발현 되었다.

초월의 영역에 들어섰다 하더라도 최강훈의 위기 상황
이 넘어간 것은 아니었다. 넘실거리는 화염 광선이 얼마
지나지 않아 바로 그를 덮쳐 올 것이기 때문이었다.

이미 황룡참격에 가지고 있는 대부분의 힘을 써버린 최
강훈은 화염광선의 인력에 저항하여 몸을 빼내기도 힘든
상황이었다.

막아낼 수밖에는 없는 상황인데 지금 체내의 마나로는
호신막을 펼친다고 해도 이 화염광선에 쓸려나갈 것만 같
았다.

최강훈은 승부수를 던졌다. 호신막을 펼치는 대신 환도
에 소드오러를 돋구어 화염광선의 결을 잘라가기 시작했
다.

일종의 모험이었다. 그나마 초월의 영역에 들어서서 마
나의 결을 조금이나마 더 느낄 수 있었기에 가능한 방법이
었다.

조금 전 힘으로서 광선을 잘라낸 것과는 달리 마나의 결
을 잘라가는 방식이기에 그 한 몸 빠져나갈 공간조차 쉽게
마련되지 않았다.

그걸 보여주기나 하는 듯 최강훈의 양 어깨가 화염광선
에 타들어가기 시작했다.

"크윽!"

최강훈은 고통 속에서 흐트려지는 정신을 붙잡고 미미하게 남은 체내의 마나를 돌려 화염광선을 결을 갈라냈다.

이 정도로 강대한 마법이라면 여마법사도 그리 오래 지속시키지는 못할 것이라는 심산에서 행한 일이었다.

화염 광선을 갈라오는 최강훈의 모습에 여마법사는 경악의 표정을 짓고 있었다. 그녀의 상식으로는 불가능한 일이었기 때문이었다.

조금 전 참격의 경우에는 순간적으로 마나의 양과 질을 높여서, 마법을 갈라내는 방식이었기에 놀라기는 했지만 경악할 정도는 아니었다.

두 개의 보호마법이 깨어진 후 그녀 역시 비슷한 방식으로 마지막 보호마법에 마나를 집중시켜 그 참격을 막아냈기 때문이었다.

하지만 지금은 방식은 이해가 가지 않았다. 지금 최강훈의 환도에 서린 소드오러는 미약하기 그지없었고, 8서클 마법인 인페르노 블라스터에 내포된 마나에 비하면 양적으로나 질적으로나 떨어졌기 때문이었다.

그녀의 경악을 아는지 모르는지 최강훈은 화염 광선의 결을 갈라내며 간신히 버티고 있었다.

이미 무아지경에 빠져 있는 최강훈은 이제는 결을 확인하고 의식적으로 자르는 것이 아니라 무의식적으로 그저 다가오는 화염광선을 자르고 있었다.

최강훈의 예상대로 인페르노 블라스터의 화염은 무한하지 않았다. 무아지경 상태라 정확하게 상황을 파악한 것은 아니었지만, 화염 광선의 압력이 줄어드는 것이 얼마 지나지 않아 끝날 것이라는 것을 알 수 있었다.

그러나 그 끝은 최강훈이 먼저 보았다. 소드오러를 운용할 마나가 바닥나 버린 것이었다. 아무리 마나의 결을 잘라내는 것이라 하더라도 소드오러 정도가 되어야 가능한 것이지, 샤이닝 소드 따위로 행할 수 있는 일이 아니었다.

퍼~엉!

역시 샤이닝 소드로는 화염광선의 결을 잘라 낼 수 없었다. 광폭하게 날아온 화염광선은 소드오러가 사라진 환도를 삼켜버리며 최강훈을 가격했다.

"크헉!"

그나마 다행인 것은 인페르노 블라스터 역시 거의 끝나는 단계에서 맞은 것이라 화염광선에 담긴 마나량이나 압력이 처음에 비해서는 현저히 약해져 있었다는 것이었다. 그래도 치명상임에는 틀림없었다.

이미 기절한 최강훈의 상체는 용암을 끼얹은 듯 표면이 끓어오르고 있었는데 그것만 보아도 치명상임을 알 수 있었다.

"네 놈이, 헉… 헉… 아무리 마스터에… 헉… 올랐다고 해도, 아직 8서클 마법사를 상대하는 것은 무리다. 헉… 헉….”

숨을 크게 헐떡이며 말을 잇다보니 의도치 않게 풍만한 가슴이 아래위로 흔들려 묘한 색기(色氣)를 풍겼지만 조금 전의 강렬한 마법을 보고 그렇게 생각하는 사람은 아무도 없었다.

인페르노 블라스터의 시전 시간을 정도 이상으로 길게 끌려고 하다보니 일어난 현상이었다. 무리한 마법시전에 여마법사의 체력도 마나도 거의 바닥이 난 상태였다.

하지만 지쳤어도 그녀는 8서클 마법사였다. 마스터인 최강훈이 쓰러진 상황에서 더 이상 자신을 막을 수 있는 사람은 없다고 그녀는 생각했다.

그러나 그것은 그녀 혼자만의 생각이었다. 아직 힘을 감추고 있는 강민과 유리엘에 대해서 알지 못했기에 가능한 생각이었다.

숨을 고른 뒤 강민과 유리엘을 비롯한 스페셜팀등 잔여 떨거지들을 처리할 생각을 하고 있는 여마법사를 앞에 두고 강민과 유리엘은 심어를 나눴다.

[상당하네요.]

[그러게, 8서클은 된 것 같은데 말이야.]

[네, 8서클 유저인 것 같네요. 8서클에 들어온지는 얼마 되지 않은 것 같아요. 7서클이었다면 강훈이가 이겼을 가능성이 더 높았을 텐데 말이죠.]

[어차피 결과가 말해주는 것이니, 가정은 의미가 없겠

지. 강훈이 녀석도 운이 조금만 더 따랐다면 한 단계 더 발전할 수 있었을텐데, 오늘의 운은 여기까진가.]

[그래도 운이 좋았으니 살 수 있었던 것 아닐까요?]

[전에 남겨둔 잔류 마나가 아직 남아 있으니, 마법의 결을 갈라내 버티지 않고 직격 당했다 하더라도 죽지는 않았을 거야.]

[하긴 그것도 그렇네요. 그런데 저 여마법사한테서 묘한 친근감이 느껴지네요. 분명 알던 사람은 아닌데 말이죠.]

[그래? 신기한 일이군. 왜 그렇게 느껴지는 것이지?]

강민과 유리엘이 심어를 나누는 동안 여마법사는 어느 정도 체력과 마나를 회복했는지 천천히 일행 앞으로 걸어왔다.

"호호. 겁에 질려 도망가지도 못한 것이냐? 어떻게 이곳을 알고 온지는 모르겠지만, 이곳까지 왔다는 것은 죽음을 각오한 것이겠지?"

그녀의 살기 넘치는 말과는 다르게 일행의 분위기는 침착하기 그지없었다. 마법을 맞고 기절한 최강훈은 그렇다 치더라도 이리저리 널부러져 쉬고 있는 스페셜팀만 보더라도 긴장과는 거리가 먼 평온한 분위기였다.

스페셜팀 역시 강민과 유리엘의 무력을 알고 있기에 전혀 걱정하지 않고 있었던 것이었다.

여마법사는 다소 의아했지만 어차피 처리할 적들에게

더 이상의 궁금증을 갖지 않았다. 광역마법으로 한 번에 다 쓸어버리려 마음을 먹던 찰라, 기절해 있는 최강훈에게서 마법적인 마나유동이 발생하였다.

"뭐냐!"

공격마법은 아니었다. 유리엘이 사용한 회복마법이었다.

인페르노 블라스터를 맞고 기절한 최강훈은 목 아래의 상반신 전체가 심한 화상 상태였고 그 화상보다 더 깊은 내상 또한 입고 있는 상태였다.

하지만 유리엘의 회복마법 한 번에 화상의 상처가 나으며 새살이 돋아났고, 기절한 상태임에도 고통 속에 끙끙대는 신음성을 내던 숨소리 또한 자연스럽게 변했다.

여마법사는 자신의 질문에 아무도 대답을 않자, 다시 한 번 물었다.

"누구냐!"

그 말에 유리엘이 자신의 기세를 서서히 개방했다.

"네 년이었구나, 어떻게 내 마나 탐지에도 걸리지….헉!"

유리엘의 기세가 느껴짐에 따라 말을 하던 여마법사는 그 기세의 강함이 자신이 생각했던 것을 아득히 넘어가는 것에 놀란 숨소리를 내며 말을 잇지 못했다.

"보아하니 8서클에는 오른 것 같은데 너 혼자 8서클이 되었다고 생각하는 것은 아니겠지? 어떤 자신감으로 나를 찾았는지는 모르겠지만 그 만용이 오늘 네 목숨을 거둘 것이야. 맞나? 아까 이 비슷하게 말한 것 같은데. 호호."

유리엘의 말은 아까 최강훈을 상대할 때 여마법사가 했던 말과 묘하게 닮아 있었다. 그녀의 말을 흉내낸 것이었다.

"네, 감사님 뭐 그런 말이었던 것 같습니다. 헤헤."

그녀의 말을 듣고 있던 리키가 넉살 좋게 웃으며 대꾸했다.

하지만 여마법사는 웃을 수가 없었다. 아니 얼어붙어 있었다는 것이 더 정확한 말일 것이었다.

유리엘이 본신의 능력을 모두 드러낸 것도 아니었지만, 지금 개방한 기세만 하더라도 여마법사가 느끼기에는 깊이를 알 수 없는 무저갱을 보는 것 같았기 때문이었다.

마치 육식동물 앞에 서 있는 초식동물과도 같은 느낌이었다. 더 이상 이렇게 있다가는 기세에 압살 당해버릴 것 같다는 생각이 들자 붉은 입술을 질끈 깨문 여마법사는 짧은 시동어를 외웠다.

"텔레포트!"

스태프를 땅에 내리치며 시동어까지 외쳤지만, 그녀의 위치는 변화가 없었다.

"아직 눈치채지 못했나본데, 여기 공간좌표는 동결되었어.

아가씨. 음. 아가씨가 맞나? 나이를 보면 할머니라고 해야하는 것 아닌가? 아. 나도 나이라는 부분에선 자유롭지 못하니 보이는 외모로 하자고, 아가씨라 부를께. 호호."

30대 초반, 어리게 본다면 20대 후반까지도 볼 수 있는 외모였지만, 유리엘은 여마법사의 실제 나이를 어느 정도 짐작하고 있었다.

육체의 모습은 감출 수 있지만, 영혼에 묻어있는 세월의 흔적은 감출 수 없기 때문이었다. 그녀가 본 여마법사의 나이는 최소 60세 이상은 되었다.

"언제 좌표 동결을…."

한 번 더 놀란 표정을 짓던 여마법사는 뭔가 결심한 표정을 짓더니 오른손 엄지 손가락을 깨물어 피를 냈다.

그리고 짧게 세 번 공중에 피를 뿌렸는데 신기하게 피는 바닥에 떨어지지 않고 그녀의 전면에 둥둥 떠 있었다.

역삼각형 형태로 허공에 떠 있는 세 군데의 핏방울은 기이한 마나파장을 일으켰고, 역삼각형의 가운데 풍경이 흐릿하게 변하였다. 풍경 변화와 동시에 여마법사는 그리로 뛰어들었다.

공간이동이었다. 공간좌표가 동결 된 곳에서 여마법사는 공간이동을 시전 한 것이었다.

9장. 추격

NEO MODERN FANTASY STORY & ADVENTURE

현세귀환록

# 現世
# 歸還錄

## 9장. 추격

뜻밖의 공간이동의 유리엘은 절로 감탄사를 내며 말했다.

"호오. 이 방식은 공간좌표를 직접 활용하는 방식이 아니라 허차원을 통해서 이동하는 방법이네요. 이곳에서 이런 방식을 볼 것이라고 생각하진 못했는데 말이에요."

"잡으러 갈까?"

허차원까지는 탐색의 범위에 들어오지 않았지만 강민은 걱정하지 않았다. 여마법사가 여기서 도망쳤다 하더라도 허차원에 계속 머물러 있을 수는 없을 것이기 때문이었다.

허차원에서 오래 머물렀다가는 설령 그랜드 마스터 급이라 해도 영혼마저 소실되어 버릴 것이었다. 허차원에 머물기 위해서는 윤회의 고리에서 벗어나 홀로 오롯이 설 수 있는 능력은 되어야 최소한의 자격을 갖추었다 할 수 있었다.

조금 전 여마법사는 당연히 그 정도 능력을 가진 것으로는 보이지는 않았기에 당연히 잠시간의 통로 정도로만 허차원을 사용했을 것이었다.

물론 그녀의 능력으로 보아선 그것도 대단했지만, 조금 전의 파동으로 보아 그것은 수련해서 갈고 닦은 능력은 아닌 것 같아 보였다. 그녀의 혈통이나, 영혼에 새겨진 힘과 비슷한 종류의 것을 사용한 것 같았다.

그렇기에 더더욱 허차원에 머무를 자격이 없음을 알고 있는 강민은 스스럼없이 그녀를 잡으러 가자는 이야기를 하였다.

아니나 다를까 이미 그 여마법사가 나타난 곳을 파악했는지 유리엘이 강민의 말을 긍정하며 대답했다.

"그러죠. 어차피 가야할 곳으로 이동했네요. 다른 보스가 있는 곳요. 그리 멀지 않네요."

"인근의 다른 보스라면, 멕시코시티군."

그랜드 캐년에서 멕시코시티라면 인근이라고 하기는 힘든 거리지만 둘에게는 지척인 거리였다.

"네, 일단 강훈이를 깨워서 여기를 정리하죠."

말을 마친 유리엘을 손가락을 튕겼고, 그 소리에 반응이나 하는 듯 최강훈은 벌떡 일어났다.

"헉!"

외마디 신음성과 함께 일어난 최강훈은 두리번거리며 주변을 살펴보았다. 어디에도 여마법사의 시체가 보이지 않자. 유리엘을 향해 물었다.

"누님, 그 마법사는 이미 처리하신 겁니까?"

최강훈의 물음에 유리엘은 부드러운 미소와 함께 고개를 저으며 말했다.

"아니, 도망쳤어. 그래서 민과 같이 잡으러 가려고."

"네? 도망요?"

지금까지 만난 마법사들은 공간이동으로 도망치려 하는 경우가 많았지만 유리엘의 좌표 동결에 의해서 그 뜻을 이루는 경우는 없었다. 하지만 이번에는 도망쳤다고 하니 최강훈이 놀라서 되묻는 것도 무리는 아니었다.

"그래, 보통 녀석들과는 다른 방법을 썼네. 일단 가서 잡아와 보려고. 그리 나쁜 성향은 아닌 것 같이 보였는데 왜 다크스타 같은 걸 만들었는지도 물어보고 말야."

유리엘의 말이 끝나자 강민이 이어 말했다.

"일단 네 부상은 치료했으니 넌 여기 스페셜팀원들을 정리해서 숙소로 돌아가거라. 난 유리와 함께 일을 해결하고 갈테니. 어머니와 서영이한테는 네가 말 잘해주고."

부상을 치료했다는 말에 최강훈은 그제야 자신의 몸을 살펴보았는데, 화염광선을 직격 당했던 상체가 옷만 소실되었을 뿐 상처하나 없이 멀쩡한 것을 확인 할 수 있었다.

"치료해주셨군요. 감사합니다. 누님. 아. 어머님과 서영이 누나한텐 잘 말씀드릴게요. 형님."

최강훈과의 대화도 끝나자 유리엘이 강민에게 물었다.

"민, 그럼 갈까요?"

"그래."

바로 이동하려다가 저 멀리 보이는 아이언 골렘을 발견한 유리엘이 말했다.

"아, 저건 제가 가져야겠네요. 구식이지만 나름 참고할 만한 마나 패턴도 있으니 말이에요."

유리엘의 말과 함께 주인을 잃고 멀뚱히 서 있는 아이언 골렘의 위에 아공간의 입구가 열리더니 엄청난 흡입력으로 아이언 골렘을 빨아올렸다.

아이언 골렘은 버둥거리며 흡입력에 저항하려 하였으나 헛수고였다. 이내 아이언 골렘을 빨아들인 아공간의 입구는 나타났던 것과 마찬가지로 사라져 버렸다.

스페셜팀의 멤버들은 자신들로서는 손도 대지 못했던 아이언 골렘이 저렇게 사라지는 것에 몇몇은 놀라는 표정을, 몇몇은 당연하다는 표정을 짓고 있었다.

그런 스페셜팀의 기색을 느꼈는지 유리엘은 그들을 돌아보며 말했다.

"한국에 돌아가면 다시 꺼내서 수련 상대로 쓰게 해줄 테니 너무 아쉬워하지 마. 그럼 나중에 보자고."

딱~!

유리엘이 손가락을 튕김과 동시에 둘의 모습을 사라졌다. 사라져버린 둘을 잠시 바라보던 최강훈은 스페셜팀을 향해 외쳤다.

"다들 아공간 주머니에 준비해뒀던 옷으로 갈아입어. 괜히 어머님과 서영 누나 놀라게 하지 말고."

최강훈에 말에 역시나 넉살 좋은 리키가 말을 받았다.

"지금 모습은 이사님이 제일 심합니다만. 흐흐."

리키의 말처럼 최강훈은 상체의 옷이 전부 날아가 버렸고 하체의 바지 역시 상당부분 유실되어 있는 상태였다.

"흠흠. 그래, 나도 갈아 입을 테니 서둘러. 그리고 다들 알겠지만 이번 전투는 명백한 전멸이다. 나를 포함해서 말이야."

최강훈의 갑작스러운 총평에 다들 침울한 분위기가 만들어졌다. 뒤에 나온 마법사는 몰라도 골렘 정도는 처리할 수 있을 거라 생각했는데, 효율적으로 싸우지 못하는 바람에 진혈 각성까지 하고도 반 이상의 골렘이 남은 상태에서 모두 아웃 당했기 때문이었다.

다만, 그 역시 여마법사에게 당했기 때문에 스페셜팀의 멤버들을 심하게 질책하지 못하였다. 자신도 잘못했는데 다른 이를 지적할 수는 없다는 생각에서였다.

"하여튼 진혈 각성의 후유증으로 몇 달간은 제대로 힘 쓰기도 힘들테니, 내일 비행기를 잡아서 한국으로 돌아가. 말론도에게 이야기 해놓을 테니까 지금보다 한층 더 강도 높은 훈련은 각오하고."

"네, 알겠습니다!"

"그리고 누님이 가시면서 하신 말씀대로 누님 귀국하시는 대로 아까 전 아이언 골렘과 수련할 것이야. 그 때도 지금처럼 맥없이 나가떨어진다면 더 이상의 배려는 없다. 훈련이 지옥이 될 수 있다는 것을 보여주지."

최강훈의 단정적인 말에 스페셜팀 멤버들은 두려움에 떨면서 침을 꿀꺽 삼켰다. 스페셜팀에게 이렇게 말하는 것처럼 최강훈은 스스로에게 다짐했다.

'나도 귀국하고 나면 한 단계 높은 훈련을 해야지. 특히 마법사를 상대로한 전투를 염두 해 두고 수련 해야겠어.'

❖

가로세로 족히 30미터는 되어 보이는 커다란 방에는 40대 정도로 되어 보이는 건장한 몸을 가진 중년의 백인이 세 명의 여성과 알몸으로 뒹굴고 있었다.

이미 여러 차례의 정사를 치뤘는지 두 명의 여성은 넓은 침대의 한 쪽에 나가떨어져 있었고 마지막 여성과의 일을 마무리 하는 중이었다.

그때 방의 한 구석에서 공간이 흐려지는 듯한 현상이 발생하더니 한 명의 인영이 튀어나왔다.

갑작스러운 인기척에 정사를 치르던 중년인은 몸을 돌려 날카로운 목소리로 외쳤다.

"누구냐!"

"제우스!"

"허. 엘리아, 당신이었군. 그런데 어떻게 이곳까지 들어온 것이지? 공간좌표를 왜곡하는 결계까지 쳐놨었는데."

"그게 중요한게 아니야. 위원회에서 우리와의 전투에서 엄청난 놈들을 동원하기 시작했어!"

다급한 엘리아의 말에도 알몸의 여성을 떼어낸 제우스는 느긋하게 가운을 걸치며 대수롭지 않다는 듯 이야기했다.

"엄청난 놈들? 기껏해야 마스터급 아냐? 엉덩이 무거운 그랜드 마스터급들이 나설 일은 없을 것 같은데, 그것보다 어떻게 결계를 뚫고 들어온 지나 설명해봐. 그 이야기가 설명되지 않는다면 다른 이야기로 넘어 갈 생각은 없으니까."

지금 제우스에겐 언제 싸울지 모르는 엄청난 놈들에 대한 이야기 보다 어떻게 엘리아가 공간좌표 왜곡 결계를 뚫고 이곳까지 왔는지가 더 중요했다.

　현재는 같은 다크스타의 수장이지만, 과거에 그와 엘리아는 서로 경쟁을 하던 사이었다. 만약 엘리아가 마음대로 공간좌표 왜곡을 뚫고 다닐 수 있다면 준비가 안 된 자신을 급습하여 암살을 시도할 수도 있기 때문에 어떻게 결계를 뚫고 공간이동을 한 것인지를 듣는 것은 중요한 일이었다.

　급하게 피해서 이곳까지 오다보니 그런 점까지는 생각하지 못한 엘리아는 내심 자신에 대한 책망을 하며 입을 열었다.

　"휴… 내가 연금의 일족인 것은 알지? 그리고 우리 일족이 공간에 대한 능력이 특출한 것도 알거야."

　"그건 알고 있지."

　"그래, 그것까지 안다면 설명은 쉽겠군. 우리 일족의 능력을 일깨운 자는 공간좌표를 사용하지 않고 허차원을 이용해서 공간을 이동할 수가 있어."

　"뭐? 그런…."

　제우스의 우려를 미리 파악했는지, 엘리아는 서둘러 말을 이었다.

　"아. 네가 무슨 걱정을 하는지 알고 있어, 그렇지만 걱정하지는 마. 이 방법은 긴급 탈출기 정도로 밖에 사용하지 못하니 말이야."

"무슨 의미지?"

"이 방법을 사용하면 체내의 전 마나가 다 소진되고 말아. 그러니까 추가적인 전투를 벌일 수 있는 상황은 아니라는 것이지."

엘리아의 그 말에 제우스는 재빨리 엘리아의 상태를 스캔하였다. 아니나 다를까 그녀의 말처럼 그녀의 체내에는 거의 마나가 없는 상태였다.

의도적으로 마나를 감출 수도 있겠지만, 비슷한 수준인 자신에게 완전히 마나를 감추기는 힘들 것이라는 생각에 그녀의 말을 믿을 수 있었다.

"뭐, 그렇다면야…."

안도하는 제임스를 보며 엘리아는 말을 이었다.

"당연히 이 일은 비밀이야."

"당연하지, 이런 정보를 밖으로 흘리고 다닐만큼 내 입이 가볍진 않다고. 아, 그런데 여기 다른 입들이 있군. 그러면 안 되지."

다른 입이라는 건 조금 전까지 정사를 나누던 세 명의 여성을 칭하는 것이었다. 둘의 이야기를 듣고 있던 세 여성은 갑작스러운 제임스의 안 된다는 말에 나쁜 예감이 떠올랐다.

그리고 나쁜 예감은 어긋나지 않았다. 제임스가 세 줄기 번개 줄기를 쏘아내어 그녀들을 구워버렸기 때문이었다.

순식간에 벌어진 일이라 그녀들은 비명조차 지르지 못하고 세 덩이의 숯으로 변하고 말았다.

"이러면 됐지?"

"잔인한 건 여전하군."

"잔인? 한 번에 보내주니 자비로운 것 아닌가? 크큭."

사실 엘리아의 말은 진실은 아니었다. 허차원을 이용한 공간이동에는 분명 페널티가 있었지만 그런 식의 패널티는 아니었다.

'현재 마나가 소진되는 것이 아니라 총 보유 가능 마나가 줄어드는 것이지만, 거기까지 말할 필요는 없겠지.'

무술가로 따지면 단전의 크기가 줄어드는 것이 이 방법의 진정한 페널티였다.

그리고 어찌보면 총 보유마나가 줄어드는 것이 현재 마나가 소진되는 것보다 더 큰 페널티라 생각할 수도 있기 때문에 이 방법을 사용하기 어렵다는 것은 진실이었다.

그러나 필요한 상황이라면 제우스의 우려처럼 허차원 공간이동을 통해서 암살을 꾀할 수는 있었다.

제우스가 엘리아를 경계하듯이, 엘리아도 제우스를 경계하고 있었다. 그렇기에 모든 진실을 이야기하여 주지 않은 것이었다.

그리고 지금은 그녀의 거짓말이 통할 수 있는 것이, 조금 전 최강훈과의 대결에서 인페르노 블라스터를 과하게 운용하다보니 마나가 거의 다 소진되어 버렸기 때문에 제우스는 그녀의 말을 믿을 수밖에 없었다.

"그런데 지금 네 말은 이미 그 놈들이랑 한판 붙고 도망쳤다는 것인가?"

"… 그래…."

도망쳤다는 말에 엘리아는 잠시 발끈한 기분이 들었지만 분명 도망친 것을 부인할 수는 없었기 때문에 긍정의 대답을 할 수밖에 없었다.

"누군지 몰라도 대단한데? 8서클에 오른 마법사를 도망치게 만들다니 말이야.

"장담하건데, 너도 혼자서 상대하긴 힘들거야."

"과연 그럴까?"

"네 능력에 자신감을 갖고 있는 것은 좋지만 과신하지는 마, 나만해도 정상적인 상태라면 네게 지지 않을 자신은 있으니 말이야."

"그렇다고 이길 자신이 있는 것도 아니지 않나? 아니, 지금 네 상태라면 내가 이길 수 있을 것 같은데."

제우스의 마지막 말과 동시에 그의 온 몸에서 번쩍거리는 전류가 흐르기 시작했다.

마치 그의 이름이 제우스인 이유를 보여주는 듯 오른손
에서 왼손으로, 그리고 다시 왼손에서 오른손으로 번개 줄
기를 옮기기 시작했다.

"크윽… 비록 지금 내가 마나를 다 소진했지만, 나도 비
상시에 쓸 수 있는 수단 정도는 가지고 있으니 너무 자극
하지 마. 그리고 지금 우리가 이럴 때가 아냐. 우리 둘이
힘을 합쳐도 그 년에게 이길 수 있다는 생각이 안 드니까
말이야."

"그 년? 여자였어? 예뻐?"

예쁘냐고 묻는 제임스의 말에 엘리아는 일순간 할 말을
잊었다.

엘리아가 기가 찬다는 얼굴로 제우스에게 쏘아붙이려
할 때였다. 또 다른 목소리가 들려왔다.

"직접 보고 판단해봐. 어때? 괜찮은 것 같아?"

기척도 없이 갑자기 나타난 사람은 강민과 유리엘이었
다.

엘리아와 제우스는 놀라서 목소리가 나왔던 쪽으로 돌
아보았는데, 그 사이에 제우스는 유리엘의 얼굴을 살펴보
았는지 헤벌쭉한 얼굴로 말했다.

"와우. 대단한데? 이런 미녀라니. 엘리아, 왜 말 안했
어."

"제우스!"

제우스의 반응에 기가찬 엘리아는 제우스의 이름만 한 번 외치고는 말을 잇지 못했는데, 유리엘이 재미있다는 듯 대꾸했다.

"내가 좀 대단하지? 호호호."

"그래, 대단하네. 어때? 옆에 있는 비실비실해 보이는 놈보다 내가 훨씬 나을 듯한데 말야. 이건 보통 무기가 아니거든."

제우스는 허리를 쭉 내밀면서 말했는데, 가운만 걸치고 있던 그의 중요부위가 도드라져 보였다.

민망할 수도 있는 상황이었지만, 그런 것으로 민망해 하기에는 유리엘이 살아온 날이 너무 길었다.

"훗, 그 정도로 자신 하는 거야? 약하잖아."

"뭐? 약해? 그럼 옆에 동양놈보다 내가 못하다는 거야?"

"하하하하. 너 정말 재미있구나. 민, 어때요? 한번 보여 줘요. 호호호."

오랜만에 유리엘은 큰 웃음을 터트리며 웃은 뒤, 강민에게 짓궂은 표정으로 말했다.

"참나, 유리. 보여주긴 뭘 보여줘."

"진짜 네 놈이 나보다 더 크다는 거야?"

자신의 성적 능력을 자신하고 있는 제우스였기 때문에, 자신보다 체격도 작은 강민이 자신보다 중요부위가 더 크다는 것을 믿을 수가 없었다.

계속 이어지는 제우스의 말에 강민은 어처구니가 없다는 듯 고개를 절레절레 흔들었다.

"이거 참, 별 이상한 놈을 다 보겠군. 네 목숨보다 그런 것을 묻는 것이 더 중요하다는 건가? 김빠지는 군."

확실히 강민과 유리엘이 처음 등장할 때에는 팽팽한 긴장감이 느껴졌는데, 제우스와의 대화가 진행되며 그런 긴장감이 사라져 버렸다.

"뭐 어때요? 오랜만에 저런 캐릭터를 만나서 한번 웃어봤으면 됐죠. 호호호."

"뭐 그건 그렇지."

오랜만에 유리엘의 큰 웃음 들은 것만으로도 이렇게 방문한 보람은 있었다. 하지만 웃음은 웃음이고, 그것 때문에 살려둘 생각은 없었다.

저기 얼빠진 얼굴로 서있는 엘리아야 마나 성향을 보아서 완전한 악인처럼 보이지는 않았으나, 여기 제우스는 골수까지 악인이었다.

아직도 김이 모락모락 나고 있는 세 구의 시체만 보아도 별다른 이유 없이도 손쉽게 사람을 죽이는 그런 악인임을 알 수 있었다.

"어이, 비싸게 굴지 말고 나랑 한번 해보자고. 한번 하고 나면 천국이 지상에도 있다는 것을 알 수 있을 거야. 흐흐흐."

아직 강민이나 유리엘이나 기세를 개방하고 있지 않고 있었기에 제우스는 둘의 무서움을 모르고 있었다.

"처음엔 재미있었는데, 이젠 식상하군."

"그러게요. 간만에 면전에서 이렇게 말하는 캐릭터를 봐서 신선했는데, 이젠 뭐 다른 차원의 귀족이나 왕족들과 뭐 다름없다는 생각이 드네요. 그들보다 노골적이고 직접적으로 말해서 신선하다는 생각이 들었나 봐요."

"그러게. 이제 치워도 되겠지?"

"네. 말은 안 해도 기분 나빴나 봐요, 민? 호호."

오랜만에 이런 상황이라 유리엘은 여전히 재미있어 하면서 강민에게 이야기 했다.

"내 여자에게 그런 말을 하는데 어찌 기분이 좋겠어? 다만 유리가 재미있어 하니 잠깐 두고 본거야. 언제든 누구든 내 여자에게 그렇게 말하면 기분이 나쁠 거야."

내 여자라는 말에 유리엘은 가볍게 강민의 허리에 손을 두르고 머리를 어깨에 기댔다. 그리고 나지막이 말했다.

"그렇죠. 언제나 민은 그런 남자였죠."

유리엘의 말에 강민은 아무 대답 없이 그녀의 어깨에 손을 둘러 감싸 안았다.

유리엘의 따뜻한 체온이 강민의 손안에서 느껴졌다. 지금 나누는 것은 체온만이 아니었다. 서로의 영혼도 감정도 같이 나누며 잠시간의 침묵을 지켰다.

몇 만년이 지나도 아니 몇 십만, 몇 백만년이 지나도 강민의 여자는 유리엘 뿐이었다. 그리고 유리엘 역시 그럴 것이었다.

영원을 같이 하는 영혼의 동반자가 바로 둘이었다. 짧은 시간이지만 감정이 담뿍 담긴 충만감을 느낄 수 있었다. 그렇지만 그것을 깨고 들어오는 목소리가 있었다.

"하. 이거 무슨 개수작질이야!"

제우스였다. 그는 갑작스러운 둘의 애정행각에 열이 받은 듯, 온 몸에서 전기 스파크를 튕기며 말했다.

강민의 그의 말 때문에 유리엘과의 교감이 깨어지자, 아쉽다는 어투로 그녀에게 말했다.

"후. 저놈은 이제 치울게."

"그래요. 지워버리죠."

강민은 마치 앞에 있는 쓰레기를 치우는 것처럼 가볍게 말했다.

그 말을 들은 제우스가 어처구니없다는 투로 맞받아치며 밧줄 같은 번개를 쏘아냈다.

"치우긴 뭘 치워! 내가 널 구워버릴테다."

파스스스스~!

눈 깜짝할 사이에 번개 줄기가 강민을 덮쳐갔다. 강민에게 닿아가는 번개 줄기를 보며 제우스는 순간적으로 아차 하는 생각을 하였다.

잘못하다가는 유리엘 역시 그 번개 줄기의 휩쓸려 버릴 수 있었기 때문이었다. 그 생각에 서둘러 번개 줄기를 다른 곳으로 틀려고 했는데, 이미 번개 줄기는 강민의 앞에서 모두 사라지고 말았다.

　"어… 어떻게…."

　뜻밖의 일이었다. 번개를 다루게 된지 벌써 수십 년이 되었지만 그의 번개 줄기가 이렇게 사라져버린 경우는 처음이었다.

　그랜드 마스터급의 이능력자도 이 번개 줄기를 막거나 피했지, 이렇게 사라지게 하지는 못했었다.

　"이익!"

　뜻밖의 상황에 당황한 제우스는 좀 더 출력을 올려서 번개 줄기를 쏘아냈다. 아까 전의 줄기가 빨랫줄과 같은 굵기였다면, 이번에는 팔뚝만한 굵기의 두꺼운 번개줄기였다.

　제우스는 더 이상 유리엘이 휩쓸리는 것은 생각지도 않고 한껏 출력을 올렸다.

　파츠츠츠츠~!

　하지만 여전히 번개 줄기는 강민의 앞에서 어디로 사라졌는지 사라져 버렸다. 어리둥절해 있는 그의 모습을 바라보던 유리엘이 말했다.

　"마치 번개의 정령과도 같은 녀석이네요."

"그래, 이정도 전격량이라면 최상급 정령과도 맞먹을만
하겠는데?"

"그러게 말이에요. 그리고 전격량 뿐만 아니라 성격도
폭급한 것이 번개의 정령을 닮았네요. 일렉스 기억나죠?"

"아, 기억나지. 길들여서 디아나한테 줬던 녀석 맞지?"

"네, 그 녀석요. 그래도 일렉스는 악한 성향까진 아니었
는데, 지금 이 놈은 안 되겠네요."

강민의 앞에서 계속 번개 줄기가 사라지자 제우스 역시
심각함을 느꼈는지, 체내의 마나를 한껏 끌어올려 전력을
다한 공격을 하기 위한 준비를 하였다. 그러면서 옆에 서
있는 엘리아를 힐끗 보았다.

엘리아는 강민과 유리엘이 나타난 이후로 마나 회복에
전력을 다하고 있는 상황이었는데, 어느 정도 마나의 회복
이 되었는지 아까 전 보다 한결 나은 얼굴을 하고 있었다.

"엘리아, 공격이다! 으하합!"

지금까지 제우스는 오른 손바닥만 내밀어 번개줄기를
쏘아냈는데, 이번에는 양손을 모아서 전면으로 뻗치며 기
합성을 내질렀다.

제우스의 기합과 함께 그의 양 손바닥의 전면에는 사람
의 몸통만한 번개 줄기, 아니 이젠 번개 기둥이라고 할 만
큼 굵직한 번개가 쏘아져 나갔다.

엘리아 역시 제우스의 신호를 듣고서는 화염 광선을 시

전했다. 최강훈에게 사용했던 인페르노 블라스터에 비해서는 다소 약한 위력이었지만 지금 할 수 있는 한도에서는 최선의 공격을 가한 것이었다.

파파파팍~!

화아아아악~!

번개와 화염의 두 공격은 엄청난 반발파동을 내며 강민과 유리엘에게 나아갔다. 그 반발 파동에 방안에 있던 집기류가 휘말려서 부서져 날아갔다. 마치 허리케인 속에 있는 듯한 모습이었다.

하지만 강민에게는 소용없는 노력이었다. 엄청난 힘을 머금고 있는 번개와 화염은 마치 밑빠진 독에 물을 붓는 것처럼 강민의 지척에 다가가자 아무런 힘을 발하지 못하고 사그라져서 버린 것이었다.

둘은 한참 동안 힘을 썼지만 강민에게는 어떠한 타격도 입히지 못하고 있었다. 결국 얼마간을 더 버틴 후 번개기둥과 화염광선은 끊어지고 말았다.

"헉… 헉… 어… 어떻게 이런 일이… 대체 누구길래….."

제우스는 여전히 상황을 이해할 수 없었지만, 마법사인 엘리아는 어떤 원리로 이런 현상이 일어나는지 개략적으로는 파악할 수 있었다.

"서… 설마… 마나 장악을 통해서 술식의 구조를 분해한 것인가… 그… 그렇지만…. 이런 식으로는 불가능할

텐데….."

엘리아가 말하는 것을 보면서 유리엘이 의외라는 얼굴로 그녀를 보며 말했다.

"호오. 그래도 8서클이라고 어떤 식인지 대강 알아차렸나 본데요?"

"그러게, 저기 힘만 쎈 멍청이하고는 다르군."

지금 강민이 사용한 방법은 별 것이 아니었다. 디스펠을 이용한 마법 무효화도 아니었고, 차원문을 여는 방식을 통한 허차원으로 공격을 전이하는 방법도 아니었다.

단지, 마나의 장악력을 높였을 뿐이었다. 제우스가 상단전을 이용하여 번개를 마음대로 다루는 것처럼, 강민은 그 주변의 마나 자체를 마음대로 다루고 있었다.

사실 이것은 특별한 방법은 아니었다. 일정 경지 이상의 능력자가 되면 어느 정도는 자신 주위의 마나를 통제할 수 있었다.

보통 경지 이상의 무술가들이 수화불침(水火不侵)하는 경우가 이런 마나 통제가 발현 된 것이었다.

그러나 이것은 절대적인 것은 아니었다. 술식으로 구현된 마법이나, 마나가 강력하게 결집된 검기 등은 설령 마나를 통제할 수 있는 간격 안에 들어왔다고 해도, 그 마나를 제어하여 공격을 흩어버릴 수는 없었다.

공격자의 강력한 의지가 반영된 마나를 간접적인 마나

통제 정도로 영향력을 행사할 수는 없기 때문이었다.

하지만 강민을 이것을 해냈다. 강력한 의지로 마나를 사역하여 시전한 마법 공격과 이능 공격을 단순히 간접적인 마나 통제로 흩어버린 것이었다. 엘리아가 놀라는 것도 당연한 일이었다.

"이제 그만 끝내자."

"민, 엘리아한테는 물어볼 것도 있으니 나둬 줘요."

더 이상의 공격이 무의미하다는 것을 느낀 제우스는 잠시 생각을 하다, 강민의 끝내자는 말에 뭔가 결심한 표정을 지었다.

"이것까지 쓰고 싶진 않았지만 어쩔 수 없겠지. 잘 있게나. 앞으로 보지 말았으면 좋겠어."

말을 마친 제우스는 갑자기 전신이 한 줄기 번개로 변해서 창밖으로 사라졌다. 제우스가 가진 마지막 수단이었다.

번개화는 마치 순간이동과 같은 능력이었다. 몸 전체를 번개로 변하게 하여 움직이기 때문에 순식간에 지구 어디라도 도달할 수 있었다.

과거 위원회의 그랜드마스터가 나섰지만 그를 잡을 수 없었던 것도 이와 같은 능력 때문이었다.

물론 번개화는 자주 사용할 수 있는 기술은 아니었다. 이능 사용에 대한 반동이 컸기 때문이었다. 이 번개화를 쓰고 나면 지속 시간에 따라서 몇 주에서 길게는 몇 달까지 이능을 사용할 수가 없었다.

하지만 순식간에 지구의 어디라도 움직일 수 있는 번개화는 궁극의 탈출기나 마찬가지인 엄청난 능력이었다.

"허, 이거 참. 번개의 정령과 비슷하다고 했더니 하는 짓까지 비슷하네."

"호호. 그래도 정령처럼 정령계로 피하지는 않았잖아요."

"뭐 그렇게 치면 그것보단 낫긴 하네."

"내가 잡을까요?"

"아냐. 내가 잡지."

이미 어디로 간지 사라져서 보이지도 않는 제우스를 둘은 너무도 쉽게 잡는다고 이야기 하고 있었다.

말을 마친 강민의 손에는 어느새 한 자루의 바스타드 소드가 나타나 있었다. 은은한 빛을 내는 검신과 그 곳에 새겨져 있는 룬문자가 평범한 검은 아닌 것을 알 수 있게 하였다.

손잡이 하단의 폼멜의 끝에 달린 주먹만한 크기의 푸른 보석 또한 엄청난 마력을 품고 있는 것처럼 보였는데, 그 것을 감상하기도 전에 바스타드 소드는 한순간 엄청난 빛을 내더니 사라져버렸다.

얼마 지나지 않아 바스타드 소드는 다시 나타났다. 물론 홀로 나타난 것은 아니었다. 한구의 시체를 꿰뚫은 채였다.

시체는 당연히 제우스였다. 바스타드 소드는 제우스의 명치를 꿰뚫은 채 다시 나타났던 것이었다.

"광검(光劍)이라니, 오랜만에 보는데요? 이것까지 쓰는 것 보니 이 녀석에게 기분이 상하긴 했나봐요. 민. 호호호."

"뭐, 그런 말을 한 녀석을 살려둘 수는 없으니까."

"하긴 번개화로 도망간 녀석을 쫓으려면 이 방법이 좋긴 하죠. 저렇게 마나 파장을 줄줄 흘리고 다니니 그 뒤만 쫓으면 되니 말이에요."

마스터급의 이능력자라도 지금 유리엘이 말하는 마나 파장을 볼 수는 없을 것이었다. 제우스가 번개화가 되어 사라진 길은 나타났던 것처럼 순식간에 사라졌기 때문이었다.

하지만 유리엘의 눈에는, 그리고 강민의 눈에는 그가 지나간 길이 너무도 선명히 보이고 있었다.

그리고 강민의 광검은 그것을 추격하여 빛의 일격을 가한 것이었다.

검에 꿰뚫려 축 늘어져 있는 제우스의 표정은 기이하게도 웃고 있는 표정이었다. 자신의 번개화에 절대적인 자신감을 갖고 있었던 제우스는 도망쳐서 도달한 곳에서 어떻게 당했는지도 모르고 죽은 것이었다.

번개를 다루는 무적의 각성자였던 제우스의 최후였다.

제우스가 죽은 것을 본 엘리아는 온 몸을 벌벌 떨고 있었다. 허차원을 통한 순간이동조차 쫓아오는데다가 번개화로 도망간 제우스마저 잡은 것을 보고나니 더 이상 둘의 손에서 벗어날 수 없다고 생각했기 때문이었다.

한 번 더 허차원으로 이동해서 지금 이 순간만이라도 피하고 싶었지만, 허차원을 이용하는 것은 연속해서 쓸 수 있는 방법은 아니었다.

잠시간이라도 허차원을 통과하는 것이 영혼과 육체에 막대한 부담을 주기 때문에 어느 정도의 안정화할 시간은 필요하기 때문이었다.

그렇게 피한다 하더라도 조금 전에 어떻게 자신을 추격했는지 모르는 상황에서는 소용없는 일이기도 하였다. 그렇기에 그녀에게는 지금 이 상황을 피할 방법이 없었다.

강민이 바스타드 소드를 거두자 제우스의 몸이 털썩하고 바닥에 떨어졌는데, 죽은 채로 웃고 있는 제우스의 모습이 마치 그녀가 다음 차례라는 것을 말해주는 것 같다는 생각이 들면서 엘리아는 더 두려워졌다.

예상치 못한 죽음보다 다가올 죽음을 맞이하는 것이 훨씬 더 두려운 것이었기 때문이었다.

"이제 우리 일도 해결해야지?"

강민과 대화를 마친 유리엘이 엘리아를 보고 입을 열었다.

"나… 날… 어… 어떻게 할 생각인… 가요?"

벗어날 수 없다는 절망감에 두려움을 감추지 못한 엘리아는 자신이 존대말을 쓰는지도 의식하지 못한 채 더듬거리며 반문했다.

하지만 유리엘은 그녀의 반문에도 아랑곳 않고 가만히 그녀를 들여다보았다.

엘리아는 자신의 속을 다 들여다보는 것과 같은 유리엘의 시선에 몸을 피하고 싶었지만 그럴 수 없었다. 마치 거대한 산이 자신을 짓누르는 것과 같은 느낌에 움직일 수가 없었기 때문이었다.

한참 동안 그녀를 바라보던 유리엘이 탐색을 끝냈는지 부드럽게 웃으며 말했다.

"역시, 그랬구나. 어쩐지 익숙하더라니."

"익숙하다니 무슨 말이야?"

"아, 과거 대항쟁 후 추방된 우리 일족의 영혼의 조각이 미세하게 스며들어 있네요."

과거 강민이 웜홀에 빠져서 처음 도착했던 차원에서 유리엘은 고대 신족이었다.

그녀의 혈족은 신족들 간의 대항쟁에서 패배한 이후 대부분이 봉인되거나 타차원으로 추방되었는데, 지금 유리엘이 말하는 것은 그렇게 추방된 일족 중에서 이 지구에 온 일족이 있었다는 이야기였다.

물론 그렇게 온 일족의 일원은 마나 충돌을 버틸 능력이 되지 않았는지 살아남을 수는 없었던 것 같았다. 영혼마저 갈기갈기 찢어져서 이렇게 옅은 흔적만을 남긴 것을 보니 말이다.

"그럼, 아까 허차원을 이용한 순간이동도 유리 일족의 능력을 이용한 것인가?"

"네, 그런 것 같이 보이네요. 다만, 아주 작은 조각만을 이은지라 우리 일족처럼 자유로이 쓸 수 있는 것은 아닌 것 같고요."

강민과 유리엘의 대화를 듣고 있던 엘리아는 대항쟁이나 추방 같은 이야기는 모르겠지만 일족이라는 이야기에 무의식적으로 유리엘에게 물었다.

"그럼 당신도 연금의 일족인가요?"

"응? 연금의 일족? 네가 연금의 일족이란 말이야?"

"그래요, 내가 연금의 일족이에요. 위원회에서 보내서 온 것 아닌가요? 이 정도는 파악하고 온 줄 알았는데…."

엘리아는 자신이 연금의 일족임을 밝히며 말했다. 그녀는 당연히 강민과 유리엘이 그 정도는 알고 있으리라 생각했는데, 모르는 것 같자 의아해하였다.

엘리아의 표정에서 그녀의 말이 진실임을 깨달은 유리엘은 이해했다는 듯 고개를 끄덕이며 대답했다.

"그럼 연금의 일족이라는 것이… 결국 우리 일족의 힘

을 이은 사람들을 칭하는 것이었구나."

강민 역시 둘 간의 대화가 흥미롭게 이어지자 끼어들며 말했다.

"그런 것 같군. 그런데 유리가 파악해놓았다는 연금의 일족으로 추정되는 사람들은 어떤 사람들이지?"

"아. 그 사람들은 전에 벤자민이 말했던 내용을 토대로 서칭한 사람들인데, 공간 마법에 대한 특이 적성을 지닌 사람들이었어요. 그러고 보니 그 사람들도 우리 일족의 영혼을 일부 이은 것 같네요. 내가 느낄 수도 없을 정도로 미세한 양이긴 하지만요."

"때로는 인연의 끈이 윤회의 고리보다도 질긴 것 같군."

"그러게요. 나도 우리 일족의 흔적을 이곳에서 볼 수 있을 것이라는 생각은 하지 못했는데 말이에요."

이 말을 하며 유리엘은 엘리아를 바라보았다. 아니 엘리아를 통해서 과거 그녀의 일족을 바라보는 듯하였다.

"이 자는 어떻게 할 생각이야?"

"그리 악한 성향도 아닌데 악행만 행하지 못하게 금제해서 보내주는게 어때요? 오랜만에 만난 옛 흔적을 그냥 지워버리고 싶진 않아서요."

유리엘이 본 엘리아의 성향은 골수까지 악에 물든 제우스와는 달랐다. 약간의 금제만 한다면 나중에 있을 이계와의 항쟁에서 인류에게 도움이 될 가능성이 높았다. 그렇기에 굳이 생명을 앗을 필요는 없다고 판단한 것이었다.

"그래, 유리 생각대로 해."

"그리고, 이렇게 만난 것도 인연이니 우리 일족의 영혼
은 조금 강화해줄까 해요."

"그럼 유리의 일족이 여기서 새로이 뿌리를 내리는 거
야?"

"강화해준다 해봤자 극히 미미한 부분을 강화하다보니
우리 일족이라 부르기도 힘들 거에요. 그치만 후손에게 능
력이 전승될 정도는 될테니, 그렇게 치면 뿌리를 내린다
할 수는 있겠네요. 뭐 그것도 엘리아가 아이를 갖는다는
전제에서 하는 말이지만요."

현재는 공간에 대한 능력이 미약하게만 이어져서 몇 대
를 거쳐서 한 번씩 나오는 실정이었다. 하지만 유리엘이
영혼의 강화를 해준다면 이런 능력을 바로 자식에게 이어
줄 수 있을 것이었다.

결정을 내린 유리엘은 바짝 얼어있는 엘리아에게 다가
가 그녀의 머리에 잠시 손을 올렸다.

엘리아는 고양이 앞에 쥐처럼 유리엘의 그런 행동에 반
발하지도 못한 채 그녀의 손길을 받아들였다.

유리엘의 손에서 왠지 모를 따뜻한 기운이 뿜어져 나오
는 것 같았다. 마나의 기운은 아니었다.

마나 보다 더 깊숙한 곳에 있는 무엇인가가 울리는 느낌

이었다. 영혼의 울림이었다.

유리엘은 지금 그녀 일족이 남긴 영혼의 조각과 공명하는 것이었다. 그 조각은 아주 자그마한 씨알 같은 조각이었는데 유리엘과의 공명을 통해서 주먹만한 크기로 불어났다.

그제야 유리엘은 엘리아의 머리에서 손을 떼고 말했다.

"흠. 워낙에 작은 조각이다 보니 키우는 것도 쉽지가 않네요. 그래도 이 정도면 나름 전승은 할 수 있을 것 같네요."

"유리가 말하는 것이 어떤 느낌인지 알겠군."

유리엘과 영혼이 교류하는 강민은 유리엘의 영혼을 너무도 잘 느끼고 있었다. 그랬기에 그녀 일족임을 지칭할 수 있다는 것이 어떤 느낌인지도 알 수 있었다.

강민와 유리엘이 대화를 나누는 동안, 눈을 감은 엘리아는 마치 법열(法悅)에 빠진 것 같은 느낌을 받고 있었다. 비어있는 영혼의 한 조각이 차오르는 듯한 느낌이었다.

동시에 공간에 대한 이해가 새로이 이루어지고 있었다. 영혼에 각인 된 깨달음이었다.

갓난 아기가 일어서서 걷는 것처럼 이해라기보다는 자연스러운 받아들임이었다. 마법사의 이론적인 깨달음이 아닌 무술가의 감각적인 깨달음에 가까운 부분이었다.

한동안 영혼의 황홀경에 빠져 있던 엘리아가 눈을 떴다.

적이라 할 수 있는 자신에게 왜 이런 깨달음을 내려주는지 묻고 싶어서 유리엘을 바라 본 순간 그녀는 알 수 있었다.

더 이상 유리엘은 그녀에게 적대적인 대상이 아니라는 사실을 그리고 그녀 자신을 오롯이 바쳐서 모셔야할 신적인 존재라는 것을 말이다.

그것을 깨달은 엘리아는 무릎을 꿇고 유리엘에게 머리를 조아리며 말했다.

"신녀님을 뵙습니다."

"신녀? 아… 그렇군."

"유리, 왜 저자가 유리를 신녀라 하는 것이지?"

강민 역시 그녀의 반응에 호기심을 느낀 듯 유리엘에게 물었다.

"그녀 안에 있던 우리 일족의 영혼이 가진 영향력이 강해지면서 생기게 된 일 같네요. 아마 본능적인 경외감 같은 것을 느끼고 있을 거에요."

"그렇군. 하긴 영혼을 느낄 수 있다면 일족의 여왕이었던 유리에게 경외감을 느끼는 것도 당연한 일인가."

"그런 것 같아요. 조각이 미세할 때는 그런 것조차 느끼지 못했지만, 어느 정도 크기가 되니 영혼을 알아보는 것이겠죠. 더군다나, 제가 영혼을 강화시켜줬다 보니 일종의 신격화가 이루어진 것 같아요. 그래서 신녀라는 호칭 또한 나온 것 같네요."

아직도 엘리아는 유리엘에게 머리를 조아리고 있었다. 감히 고개를 들 생각조차 못하고 있는 것이었다.

엘리아 스스로가 생각하기에도 이성적으로는 말이 되지 않는 상황이었다. 조금 전까지 적대관계인 유리엘에게 마음 속 깊은 신심을 느끼는 이 상황이 말이다.

그러나 그녀의 영혼은 그것이 옳은 것이라는 것을 잘 알고 있었다. 안다기보다는 당연하게 받아들이고 있었다.

전체 영혼의 크기에 비하면 너무 작은 영혼의 조각이기에 유리엘 일족의 영혼은 엘리아의 영혼 전체를 잠식하지는 못했다.

만일 엘리아가 일반인이었다면 영혼이 잠식당했을 수도 있었지만, 8서클 마법사까지 오른 그녀의 영혼 역시 쉽사리 잠식당할 만큼 약하지 않았다.

그렇지만 오래 전부터 유리엘 일족의 영혼에게서 영향을 받아왔던 엘리아는 이 영혼에게서 완전히 자유로울 수는 없었다. 그렇기에 이 정도 영향력은 어쩔 수 없었다.

고개를 숙이고 있는 엘리아에게 유리엘이 말을 건넸다.

"고개를 들어."

"네, 신녀님."

"신녀라는 말은 됐고, 음. 그냥 유리라고 불러."

"알겠습니다. 유리님."

유리라 부르라 했지만 자신에게는 신적인 존재로 보이는 유리엘에게 감히 반말을 할 수 없으니 존칭을 붙여 말하는 엘리아였다.

"내가 민과 하는 이야기를 들어서 어느 정도는 짐작하겠지만, 너희가 말하는 연금의 일족은 과거 이 차원에 온 우리 일족의 영혼을 이은 자들을 이야기 하는 것 같아. 물론 그 영혼은 조각조각 찢어져서 계승자 하나하나를 우리 일족이라고 부르기엔 너무도 미미한 상황이지만 말이야. 그래도 아마 공간에 대한 특출한 능력은 가지고 있을 거야. 너도 그랬던 것 같고. 그렇지?"

엘리아는 유리엘의 말을 듣고나니 그간 자신이 공간마법에 특별히 뛰어났던 것이 이해가갔다.

"네, 그랬던 것 같습니다."

"어쨌든 마나장의 통합이 멀지 않았으니 이능세계에 분열을 굳이 분열을 일으키는 것보다, 나중에 있을 이계와의 전투를 위해서 그 힘을 아껴놓으렴."

"…네, 알겠습니다."

엘리아는 무언가를 이야기하고 싶어하는 것 같았지만, 굳이 유리엘의 말에 토를 달고 싶지는 않았는지 잠시 멈칫한 후 고개를 끄덕이며 대답했다.

그런 그녀의 모습을 본 강민이 피식 웃으며 말했다.

"이리 되면 굳이 금제를 걸 필요도 없겠는 걸? 아마 유리의 말을 신탁처럼 여기고 따를 것 같은데 말이야."

"네, 그렇겠네요."

강민에게 대답한 유리엘은 몸을 돌려 엘리아에게 말했다.

"그럼 이제 그만 돌아가렴. 공간 좌표 동결은 풀었으니 말이야."

돌아가라는 유리엘의 말에 엘리아는 서둘러 고개를 조아리며 외치듯 말했다.

"유리님! 유리님을 모실 수 있도록 허락해주십시오!"

엘리아는 그녀 안에 있는 영혼을 강화시켜 준 유리엘을 신과 같이 느끼고 있었다. 그렇기에 그런 그녀를 모실 수 있는 기회를 놓치고 싶지 않았다.

물론 유리엘이 떠나기를 '명령'으로 내린다면 모르겠지만, 그렇지 않다면 엘리아는 생명을 다바쳐서 유리엘을 모실 생각이었다.

그런 엘리아의 반응에 유리엘은 강민을 돌아보며 곤란하다는 듯 어깨를 으쓱거렸고, 강민은 재미있다는 듯 웃으며 대답하였다.

"하하하. 뭐, 유능한 수하 하나가 그냥 생긴 건데. 받아주지 그래? 유리도 알겠지만, 인연의 끈은 무시한다고 해서 끊어지는 것이 아니잖아."

"그렇지요…. 흐음…."

"뭘 고민하는 거야?"

"일족에 대한 생각은 이제 오랜 세월 속에 묻었었는데, 이렇게 일족의 흔적이 발견되어서 다시금 저를 따른다고 하니 괜히 마음이 그러네요."

유리엘 역시 망각과는 거리가 먼 존재였다. 다만, 일족에 관한 기억은 뇌리의 깊숙한 곳에 묻어둔 상태였는데, 엘리아 이런 행동으로 인하여 묻어둔 기억이 떠오른 것이었다.

과거 일족의 여왕이었던 유리엘은 실패한 군주라 할 수 있었다. 갑자기 사망한 아버지의 뒤를 이어 왕좌에 올랐지만 아직 능력이 완전히 개화되지 않았던 그녀에게는 버거운 자리였다.

그래도 워낙에 출중한 잠재능력이 있었기에 시간만 있었다면 어렵지 않게 일족을 이끌 수 있었을 것이나 그녀가 왕좌에 오르고 얼마 지나지 않아 벌어진 신족간의 대항쟁 때문에 그녀에게는 그런 기회조차 주어지지 않았다.

결국 제대로 된 준비도 하지 못한 유리엘의 일족은 대항쟁에서 패배하여 버렸다.

패배한 일족에게 내려진 처분은 신족이나 인간이나 다르지 않았다. 능력이 우수한 일족들은 대부분 처형당하거나 타차원으로 추방당해버렸고, 그녀 자신 또한 봉인되어 수천년 동안 갇히는 신세가 되어버린 것이었다.

능력이 미약하여 처형할 필요조차 없는 일족들만이 살아남았는데, 그들 역시 수천년의 시간이 지나면서 완전히 힘을 잃어버려 더 이상 신족이라고 하기 힘든 상태가 되어버렸다.

훗날 강민 덕분에 유리엘은 봉인에서 풀려날 수는 있었지만, 그 때는 이미 그녀의 일족이라 부를 수 있는 인원들은 남아 있지 않았다. 그녀의 일족은 그렇게 끝난 것이었다.

하지만 뜻밖의 이곳에서 과거 일족의 흔적을 만났고, 힘을 잃어버린 과거의 후손들과는 다르게 미약하지만 일족의 힘을 갖고 있었다. 그렇기에 유리엘이 옛 생각이 떠오르는 것도 이상하지 않았다.

강민은 유리엘의 마음을 이해할 수 있었다. 그렇기에 그녀의 어깨를 손으로 감싸며 부드럽게 물었다.

"일족을 다시 일으키고 싶은 거야?"

"아뇨, 그럴 생각까진 없어요. 다만, 옛 생각이 조금 나서요."

그렇게 강민과의 대화를 마친 유리엘은 엘리아에게 말했다.

"굳이 네 생각을 막지는 않을게. 따르고 싶다면 따라오렴."

원했던 유리엘의 대답을 들은 엘리아는 감격스러운 목소리로 그녀에게 대답했다.

"감사합니다! 유리님!"

신을 따르는 사도(使徒)와 같이 엘리아는 몸과 마음을
바쳐 유리엘을 모실 것을 다짐하였다.

그런 엘리아를 보던 유리엘은 문득 궁금한 표정을 지으
며 그녀에게 물어보았다.

"이제 날 따른다 하니 물어보는 건데, 네 성향은 그리 악
해 보이지 않았는데 왜 다크스타 같은 걸 만든 거야?"

아까 하지 못했던 말을 이제야 한다는 표정으로 엘리아
는 말했다.

"그것은 위원회의 멤버 중의 하나인 타나크 때문이었습
니다."

"타나크?"

"아, 지금은 일루미나티라는 이름으로 위원회에 가입되
어 있지요. 흑마법사 주제에 광명회라니 어이가 없는 일입
니다."

벤자민에게서 위원회의 구성에 대해서 들었기에 일루미
나티라는 이름은 익숙하였다.

"일루미나티와는 무슨 일이 있었지?"

"타나크는 유럽을 근거지로 하고 있는 흑마법사 집단인
데 과거에는 우리 연금의 일족과 공생을 하던 이능단체였
습니다. 우리 일족은 막대한 금력이 있었고, 타나크는 그
것을 지킬 힘이 있었으니까요."

"과거에는 힘이 없었다는 이야기야?"

"아. 그것은⋯."

엘리아의 말은 길게 이어졌다. 연금의 일족이 처음 만들어진 것부터 어떻게 일족이 모여 힘을 길렀는지, 연금의 일족과 타나크와의 관계 등에 관하여 자신이 아는 한 모든 것을 설명하였다.

유리엘의 질문에 충실히 답하려는 모습이 역력히 보였다.

그런 그녀의 말을 간단히 줄이면 과거 공간마법에 재능이 있던 연금술사 마이우스 칸이 자신과 비슷한 재능을 가진 사람들을 만나면서 일족을 개창하였고, 일족이 커지고 부가 쌓이면서 쌓은 부를 지키기 위해서 타나크를 고용하였다고 하였다.

하지만 타나크는 욕심을 내어 연금의 일족을 지키는 것이 아니라 되려 집어삼키려 하였고, 그 이후로 두 집단은 불구대천의 원수가 되었다고 한다.

물론 불구대천이라 생각하는 것은 연금의 일족이었고, 타나크는 연금의 일족을 사멸 시켰다고 생각하고 있었다. 실제로도 거의 모든 구성원이 죽었고, 지금은 숨겨놓았던 유산을 통해서만 간간히 후손이 나오고 있는 실정이었기 때문이었다.

재미있는 것은 이들은 연금의 일족이라 불렸지만, 실제

로 그들이 막대한 부를 모은 것은 연금의 능력보다는 금맥을 찾는 능력에 기인하였다는 것이었다.

정확이 말하자면 모든 연금의 일족이 가진 능력이 아니라 처음 연금의 일족을 개창한 마이우스 칸의 능력이었다. 즉, 일족의 시조가 되는 사람이 쌓아놓은 부가 현재까지 이어졌다는 것이었다.

물론 연금의 일족이라 불린 것처럼 마이우스는 연금의 능력을 갖고 있었다. 경지에 이르도록 연금술은 연구하였던 마이우스는 금을 연성할 수 있는 실력 정도는 갖추고 있었던 것이었다.

그렇지만 금을 연성하는 것은 얻어지는 결과물에 비해서 너무도 많은 마나가 소모되다 보니 실제로 금 자체를 연성하는 것은 의미가 없었다. 일년 동안 전력을 기울여도 10킬로그램 정도의 금을 만드는 것에 그쳤기 때문이었다.

하지만 이런 연금의 과정에서 우연찮게 금의 향기를 맡을 수 있게된 마이우스는 금맥을 찾아내는데 귀신같은 재주를 부리며 막대한 부를 쌓았고, 그런 부를 토대로 연금의 일족을 개창하였던 것이었다.

사실 타나크도 마이우스가 수하로서 쓰기 위해서 계약한 용병과 비슷한 집단이었는데, 마이우스 사후에 연금의 일족에서는 경지에 오른 마법사가 드물었고 결국 시간이 지나면서 타나크의 힘이 연금의 일족이 가진 힘을 능가하게 되었다. 그 결과가 타나크의 반란으로 이어진 것이었다.

한참 동안 그녀의 말을 듣고 있던 유리엘이 엘리아에게 말했다.

"지킬 힘이 없는 재물은 자신의 것이 아닌 법이지."

"그렇습니다. 그래도 일족을 개창한 초반에는 마스터급의 마법사가 몇 명은 되어서 타나크도 욕심을 부리지 못했는데, 그 분들이 돌아가시고 그 뒤를 이을만한 인재들이 나오지 않자 그 놈들이 야욕을 드러낸 것이지요. 사실 저도 이런 일을 일족이 마련한 쉘터에 들어가고서야 알 수 있었습니다. 쉘터에는 일족의 기록이 남아있었거든요."

강민 역시 엘리아의 말을 흥미롭게 듣고 있다가 질문을 던졌다.

"쉘터?"

강민과 유리엘의 관계가 보통 사이가 아님을 눈치 챈 엘리아는 강민 역시 유리엘을 대하듯 대하고 있었다. 그래서 강민의 물음에도 성심을 다하여 답변하였다.

"그랜드캐년에 있던 그 동굴이 일족의 쉘터였습니다. 저도 우연히 인근을 여행하다 들어갈 수 있었지요. 그 곳에서 마법을 익힐 수 있었지요."

엘리아의 개인사에 대한 이야기까지 나오려고 하자 강민이 손을 들어 말을 끊었다. 이미 시간이 많이 늦었기 때문이었다.

"일단 시간이 많이 늦어졌으니 숙소로 돌아가자. 남은 이야기는 숙소로 돌아가서 하지. 아, 엘리아는 어떻게 할 생각이지? 짐을 챙겨야 하는 것 아닌가? 찾아오려면 숙소 좌표를 알려주면 되지?"

"아닙니다. 아공간에 웬만한 물품들은 다 가지고 있으니 바로 이동할 수 있습니다."

"그렇군. 그럼 바로 가지. 유리, 부탁해."

강민의 말에 살짝 고개를 끄덕인 유리엘은 이곳으로 나타날 때와 마찬가지로 손가락을 튕겼다.

〈6권에서 계속〉